Impressum:

R.O.M Autorenclub, R.O.M. logicware, Pettenkoferstr. 16-18, 10247 Berlin, annabelle.benn@outlook.de

Inhalt

KAPITEL 1

Manche Autoren behaupten, dass ihre besten Erzählungen über sie gekommen sind wie ein Sommersturm oder ein Dieb in der Nacht – aus dem Nichts, unangekündigt und erschreckend in ihrer schnellen Intensität.

Bei meiner besten Geschichte war es ganz anders.

Meine beste Geschichte wurde mir in die Hand gedrückt wie eine Tüte mit schmutziger Wäsche oder wie ein streunender Welpe mit einem Ohr, einem Auge und Würmern. Ich wollte nichts damit zu tun haben. Wollte sie jemand anderem geben, damit er sich damit auseinandersetzt und ich mein bequemes (oder zumindest nicht *unbequemes*) Leben, das ich genoss (oder zumindest nicht *hasste*), weiterleben konnte. Aber ich konnte die Geschichte nicht abgeben, denn Janet ließ mich nicht.

“Ein Artikel über eine Gäste-Ranch im Südwesten von Kansas?”, fragte ich ungläubig. “Das ist ein Witz, oder, Janet? Du willst doch nicht wirklich, dass ich in die tiefste Prärie fliege und über Kuhmist und Lagerfeuerkaffee in Blechtassen schreibe, oder?”

Statt mir zu antworten, tippte Janet ruhig auf ihrem Laptop weiter. Ihre langen orangefarbenen Nägel klickten, als würde ein Terrier über Kacheln laufen. Ihre Augen unter den sorgfältig gezupften Augenbrauen sahen mich nicht einmal an. Ich seufzte. Nach sieben Jahren, in denen ich für diese Frau arbeitete, hätte ich mich wirklich daran gewöhnt haben müssen, dass meine Proteste ignoriert wurden. Janet war die Königin, die Kaiserin, die Premierministerin. Janet trug ihre Befehle mit ihrer dunklen, rauchigen Stimme vor und besiegelte sie mit einem abschätzigen Lächeln. Sie schaffte immer alles, was sie sich vorgenommen hatte, und zwar ohne ins Schwitzen zu kommen oder ihr Givenchy-Outfit zu zerknittern. Man darf das nicht falsch verstehen – ich mochte sie wirklich. In den ersten Tagen wünschte ich mir sogar, so wie sie zu sein. Sie stellte mich direkt nach dem College ein und half mir, eine der besten Journalistinnen auf meinem Gebiet zu werden. Fast *(fast)* betrachtete ich sie als Freundin.

Und dann brachte sie Aktionen wie diese.

"Hey, Janet!", sagte ich nun lauter und beugte mich vor, während ich eine Hand auf ihren Schreibtisch stützte, wobei ich penibel darauf achtete, keinen der fein säuberlich geordneten Papierstapel zu verschieben, oder auch nur zu berühren. "Erde an Janet! Seit wann interessiert sich denn *Life and Fashion* für die faszinierenden Geheimnisse des modernen Hillbillys?"

"Hillbillys leben im hintersten Arkansas, haben Overalls an, tragen Gewehre bei sich, trinken selbstgebrannten Schnaps und unterhalten intime Beziehungen zu engen Familienmitgliedern. Was du meinst, sind "Rednecks", "Hicks", "Ranchpersonal" und wenn man es genau nimmt: "Cowboys.""

Ich verdrehte die Augen. "Kommt es wirklich auf die richtige Bezeichnung an?"

“Ich hasse Ungenauigkeiten, Tarryn. Ich dachte, das hättest du mittlerweile bemerkt.”

Mit großer Mühe unterdrückte ich ein genervtes Stöhnen. “Beantwortest du meine Frage oder nicht?”

Nun blickte Janet endlich zu mir auf, ihr Gesichtsausdruck war kalt. “Wie wäre es denn, wenn ich gleich alle beantworte. Ja, du sollst einen Artikel über eine Gäste-Ranch im Südwesten von Kansas schreiben. Nein, ich mache keine Witze. *Life and Fashion* hat noch nie über so ein Thema geschrieben und wird es wahrscheinlich auch in Zukunft nicht tun; du sollst den Artikel für eine Freundin schreiben, die gerade ihre Reise-Website auf Vordermann bringt. Ja, das heißt, ich leihe dich aus; und nein, es interessiert mich nicht, wie unwohl du dich dabei fühlst. Ja, du musst drei Wochen deines Lebens dafür opfern ...”

“*Drei* Wochen? Ich dachte, du hast gesagt ...”

“... zwei davon nutzt du zum Schreiben und eine als Urlaub, weil – wer weiß – wenn ich dich nicht dazu zwinge, machst du weiterhin Vierzehn-Stunden-Tage hier, zerbrichst dir dein hübsches

Köpfchen und endest schließlich in der gleichen Anstalt, in die deine Mutter eingecheckt hat, nachdem dein Vater aus dem Leben ausgecheckt hat."

Ich trat einen Schritt zurück, mein Mund stand offen, und meine Wangen brannten. Normalerweise war Janet taktvoll genug, den Tod meines Vaters und die psychischen Probleme meiner Mutter nicht zu erwähnen. Sie hatte mich noch nie so belanglos darauf angesprochen. Ich war schockiert. "Ich ... ich arbeite keine vierzehn Stunden am Tag ..."

"Eher fünfzehn, wenn Rachels Zahlen stimmen. Ach, wusstest du gar nicht, dass sie darüber Buch für mich führt? Sie hat mir erzählt, dass du um sieben Uhr kommst, abends mit der Karte auscheckst, aber dann noch zwei oder drei Stunden bleibst, um "Sachen nachzuholen". Dann joggst du eine Stunde. Gott, wann schläfst du eigentlich?"

Ich runzelte die Stirn. "Lässt du mich beschatten?"

Mit einem Seufzer lehnte sich Janet in ihrem Stuhl zurück. "Das muss ich gar nicht, Tarryn. Ich kenne dich. Und ich weiß, dass dich innerlich etwas zerfrisst. Es hat wahrscheinlich etwas mit deinen Eltern oder deinem Ex-Verlobten oder beidem zu tun, und du solltest deswegen wahrscheinlich einen Psychiater aufsuchen, aber du hasst Psychologen, daher stürzt du dich in die Arbeit, damit du nichts fühlst."

"Janet, das ist lächerlich. Ich f..."

"Na schön, ich weiß. Du würdest es sagen, wenn du an amöbischem Durchfall sterben würdest." Janets Augen wurden mitfühlend, und einen Augenblick lang sah sie mich voller Mitleid an. "Ich weiß, wie hart du immer arbeitest. Daher ist das keine Bitte, sondern eine Aufforderung. Mach den Job, nimm dir eine Woche frei, ignorier die Pferde und reite stattdessen einen Cowboy. Du kannst mir später danken."

Und so, meine Freunde, fand ich mich schon wenig später in einem gemieteten Jeep mit Vierradantrieb auf einer zweispurigen Schnellstraße wieder und fuhr durch das staubige, trockene, karge

Land des Staates, den ich überhaupt nicht besuchen wollte. Der Rücksitz war voller Koffer und Kleidung, die ich gerade erst gekauft hatte. Jason, mein Ex-Verlobter (der, den Janet freundlicherweise mir gegenüber erst kürzlich wieder erwähnt hatte), hatte mich immer dafür kritisiert, dass ich mir jedes Mal eine neue Garderobe anschaffen musste, wenn ich Menschen besuchte, die sich anders als ich kleideten. Bali, Rom, Tokio, Australien ... immer, wenn ich für einen neuen Artikel recherchierte, musste ich so einheimisch wie möglich aussehen, und diese Angewohnheit verstand er einfach nicht. Aber letztendlich versteht er wohl einfach Menschen generell nicht und wie sehr sie sich vor allem und jedem fürchten, was anders ist als sie selbst. Er verstand nicht, wie viel einfacher es war, jemanden dazu zu bringen, sich zu öffnen, wenn ich aussah wie er, statt wie eine Fashionista mit einer knappen Abgabefrist. Er verstand eine ganze Reihe von Dingen nicht.

Ich war frustriert darüber, dass ich nun schon wieder an Jason dachte, wo ich doch so hart daran gearbeitet hatte, ihn aus meinem Kopf zu verbannen. Schnell schaltete ich das Radio ein, um mich abzulenken. Ich konnte wählen zwischen Country, Rauschen oder rauschendem Country. Ich schaltete das Radio wieder ab.

Da ich mein Smartphone nicht anschließen konnte (was sehr besorgniserregend war, da mein Akku fast leer war), entschied ich mich für Stille und versuchte mich auf die Wegbeschreibung zu konzentrieren, die ich von der Frau am Telefon bekommen hatte.

“Sie sollten besser kein Google Maps verwenden”, hatte sie mir fröhlich erklärt. “Denn sonst enden Sie irgendwo in North Dakota. Offenbar haben die Satelliten noch nichts von der Sterling Ranch gehört! Aber keine Sorge, der Weg hierher ist ganz einfach – sobald Sie den Highway verlassen, fahren Sie zehn Meilen Richtung Süden und biegen am alten Kalksteinbetrieb rechts ab. Dann überqueren Sie den Bach, biegen erst links und danach rechts ab, fahren am großen Baum vorbei und runter ins Tal. Ich warte mit dem Abendessen auf Sie.”

Am Telefon klang das ganz einfach, und ich war mir sicher, dass ich auf dem Highway die richtige Abfahrt genommen hatte, aber seitdem waren Stunden vergangen, und ich hatte die Ranch noch immer nicht erreicht. Weit und breit sah ich keine Schuppen, Bäche, Bäume oder Täler. Es gab nur mich, meinen Jeep und karge kleine Pfade mit Schotter, die hier offenbar als Straßen galten. Sie waren so schmal, dass ich jedes Mal auf dem Gipfel eines Hügels im Schritttempo fuhr, aus Angst, dass ich mit einem entgegenkommenden Fahrzeug kollidieren könnte. Nach kurzer Zeit wurde es dunkel, und es wurde noch schwerer, Straßenschilder zu erkennen, wenn überhaupt welche vorhanden waren. Da ich nur noch 5 % Akku hatte, war ich mir ziemlich sicher, dass es nicht mehr schlimmer werden könnte.

Und dann platzte ein Reifen.

Wäre ich schneller gefahren, wäre ich im Graben gelandet. Aber so schlitterte ich nur über die losen Steine, bevor ich am Fuß eines kleinen Hügels zum Stehen kam. Der rechte Vorderreifen grub sich in den Sand ein, der am Straßenrand lag. “Scheiße”, murmelte ich und lehnte mich in meinem Sitz zurück. Ich versuchte, meinen schnellen Herzschlag zu kontrollieren und zu überlegen, was ich machen sollte. Ohne Empfang konnte ich mit meinem Smartphone nicht viel tun. Ich war nun zu Fuß unterwegs. Innerlich verfluchte ich Janet und ihren verrückten Plan, mich zu einem Urlaub zu zwingen. Ich griff nach meinem Handy, meiner Geldbörse und einer Flasche Wasser und ging die dunkle Straße entlang. Dabei betete ich, dass es in absehbarer Entfernung Zivilisation gäbe und versuchte, nicht daran zu denken, was wäre, wenn nicht.

Aber diesmal schien das Glück auf meiner Seite zu sein. Als ich an der Spitze des Hügels ankam, sah ich in ungefähr zwei Meilen Entfernung Lichter, wahrscheinlich ein Bauernhof. Da ich aufgrund meines frühen Flugs heute Morgen nicht joggen gegangen war, war mir der Fußweg gar nicht so unlieb. Ich entspannte mich und bereitete mich auf einen Lauf vor. Ich wusste, wohin ich wollte und wie ich dorthin kam. So sicher hatte ich mich den ganzen Tag nicht gefühlt.

Je mehr ich mich den Lichtern näherte, desto mehr wurde mir klar, dass ich mich geirrt hatte. Es war kein Bauernhof. Es war ein *Ort.* Als ich auf dem letzten Hügel stand, musste ich zugeben, dass es ein ziemlich armseliger Ort war. Im gedämpften Licht der Straßenlaternen konnte ich erkennen, dass das Kaff wohl aus nicht mehr als aus fünfzig Häuser und ein paar größere Gebäude bestand, die wahrscheinlich als Geschäfte auf einer Hauptstraße dienten. Zwar war auch diese Straße aus Schotter, aber es gab tatsächlich einen Bürgersteig. Es sah aus wie eine Szene aus meiner persönlichen Hölle.

"Lieber Gott", murmelte ich und begann wieder zu laufen.

Sicher wäre um diese Uhrzeit nichts mehr geöffnet, daher lief ich zu dem Haus mit den hellsten Lichtern auf der Veranda, klopfte an die Tür und betete, dass mir niemand mit einem Gewehr in der Hand öffnen möge. Zum Glück kam ein glatzköpfiger Mann, vollständig bekleidet und vollkommmen unbewaffnet, lächelnd zur Tür.

"N'Abend, Ma'am", sagte er freundlich. "Was

kann ich für Sie tun?"

Ich war erleichtert, dass er so normal wirkte und erzählte ihm von meinem Platten und dem Jeep. "Ich wollte fragen, ob ich vielleicht Ihr Telefon benutzen dürfte, um die Besitzer der Sterling Ranch anzurufen. Hoffentlich holen sie mich ab."

Als er den Namen der Ranch hörte, hellten sich die Augen des Mannes auf. "Das ist wohl Ihr Glückstag, Ma'am. Ich habe Cody Sterling gerade erst im Café gesehen. Wenn er immer noch da ist, kann er Sie mitnehmen. Kommen Sie, ich bringe Sie hin. Ach ja, ich bin übrigens Mr. Torbreck – freut mich, Sie kennenzulernen."

Ich hatte angenommen, Mr. Torbreck würde den ganzen Fußweg lang Small Talk halten, aber das tat er nicht. Vielleicht spürte er, dass ich viel zu erschöpft war, um Nettigkeiten mit jemandem auszutauschen, den ich gerade erst kennengelernt hatte. Die vier Blocks bis zum Café gingen wir ohne zu reden, und dafür war ich unendlich dankbar. Da ich mich auf keine Unterhaltung konzentrieren musste, hatte ich Zeit, zu erkennen, wie furchtbar klein der

Ort war. Wir kamen an einer Bank, einer Drogerie und einem Postbüro vorbei, das nicht größer sein konnte, als die Briefmarken, die dort verkauft wurden. Und das war es auch schon an Geschäften, bis wir das Café erreichten.

Wie sich herausstellte, war “Café” nur bei Tag die richtige Bezeichnung, wenn Burger, gebratenes Hähnchen und Taco-Salate serviert wurden, die bestimmt alle gleich fettig waren. Am Abend war das Café wohl eher so etwas wie die einzige Bar des Ortes.

“Treten Sie ein”, sagte Mr. Torbreck, während er eine der ramponierten Holztüren öffnete. “Hier tut niemand einer Fliege was zuleide.”

In der Bar hörte ich sofort laute Country-Musik, roch abgestandenes Bier und Zigaretten sowie dreißig Männer, die alle mal wieder unter die Dusche gemusst hätten. Qualm vernebelte die Luft und hing tief über dem Billardtisch in der Mitte des Raumes und wurde von den Neonlichtern der Budweiser- und Coors Light-Schilder durchdrungen, die an der Wand hingen. Männer in Jeans, T-Shirts, Button-Down-

Hemden und Stiefeln, jeder mit Dreitagebart und einer Flasche Bier in der Hand, standen in Gruppen um niedrige Resopal-Tische herum. Ein paar lehnten an der schmutzigen Bar und unterhielten sich mit der rothaarigen Bedienung hinter der Theke, die ein winziges Top und eine kurze Jeansshorts trug. Sie schien sowohl die einzige Frau als auch die einzige Angestellte zu sein. Alle drehten sich um und hörten auf zu reden, als Mr. Torbreck und ich eintraten.

Auf einmal kam ich mir entblößt vor. Als sei ich nackt und stünde im grellen Licht der Scheinwerfer auf einer Bühne. Ich war daran gewöhnt, die Aufmerksamkeit von Männern auf mich zu ziehen, seit ich fünfzehn war und war auch schon öfter in zwielichtigen Bars gewesen. Aber da ich meilenweit von zu Hause entfernt, müde und verschwitzt vom Rennen in meiner Jeans, Seidenbluse und meinen Segelschuhen war, wollte ich mich einfach nur verstecken. Mit großer Mühe hielt ich meinen Kopf hoch erhoben und starrte einfach zurück.

Die Stille wurde durchbrochen, als einer der Männer, der sich mit dem Stuhl zurückgelehnt hatte, um mich besser sehen zu können, nach hinten kippte und auf dem Zementboden landete. Sein Cowboyhut rollte durch die Bar. Sofort brachen alle in lautes Gelächter aus und machten gutmütige Witze über den Mann. Aber einige Witze gingen auch auf meine Rechnung.

"Schon wieder da, Torbreck?", rief jemand. "Ein Bier reicht wohl nicht mehr!"

"Hey, wer ist denn dein Date?", schrie ein Mann mit gelbem Bart aus der Ecke des Raumes. Der Kerl neben ihm stieß ihn unsanft mit dem Ellbogen in die Rippen, obwohl auch er lachte.

Mr. Torbreck winkte lächelnd ab. "Sie muss mit Sterling sprechen!", rief er und gestikulierte wild in meine Richtung. Nun hörte ich Pfiffe und Johlen. Wenn das so weiterging, würde ich jemandem einen Billardkö über den Kopf ziehen.

Doch bevor ich Dummheiten anstellen konnte, spürte ich eine Hand auf meinem Arm. Die Rothaarige war hinter der Theke hervorgekommen und lächelte mich mit ihren grünen Augen an, die man trotz des schummrigen Lichts gut sehen konnte.

“Cody ist hinten”, sagte sie. “Ich bring dich zu ihm, dann kann Torbreck seinen Schönheitsschlaf halten.”

Mr. Torbreck grinste die Kellnerin an. “Danke, Lacey. Bis nächsten Samstag.”

“Ich stell' schon mal dein Budweiser kalt”, erwiderte sie grinsend. “Komm mit, Blondie”, sagte sie an mich gewandt.

Winkend ging Mr. Torbreck aus der Bar, während Lacey mich durch einen engen Flur führte, vorbei an einer einzelnen Toilette und dem Eingang zur Küche. Dann betraten wir einen Raum mit einem langen Tisch für zwölf Personen, einem Flipperautomaten, einem Dartbrett und ein paar Sitzecken. Die Musik war hier leiser und die Luft weniger verraucht. Mehrere Leute saßen in den Sitzecken und unterhielten sich leise.

“Das ist Cody”, sagte Lacey und deutete mit dem Kopf in eine Ecke, wo ein einsamer Mann vorgebeugt am Tisch saß und Bier trank. Von hier aus konnte ich nur erkennen, dass er ein langärmeliges Shirt trug, dunkelblonde Haare und breite Schultern hatte und so aussah, als wollte er nicht gestört werden.

Lacey tätschelte mir den Arm. “Nimm's nicht persönlich, wenn er sich aufführt wie ein Idiot, okay?”, sagte sie, bevor sie ging. “Die letzten paar Jahre waren hart für ihn. Ich bin in der Bar, wenn du mich brauchst.”

Dann drehte sie sich um und ließ mich stehen. Wieder war ich genauso unsicher wie zu dem Zeitpunkt, als ich die Bar betreten hatte. Was machten diese Räumlichkeiten und die Leute nur mit meinem Selbstbewusstsein? Ich atmete tief durch und ging zu ihm. Dann streckte ich meine Hand aus.

“Cody Sterling?”, fragte ich. “Ich bin Tarryn Smith.”

KAPITEL 2

Einen Moment lang starrte Cody weiter auf sein Bier. Als er mich endlich ansah, taumelte ich vor Schreck fast zurück, so schön war er. Helle blaue Augen funkelten mich unter geraden Brauen an. Eine Haarsträhne hing lose über seine Stirn, und ein Dreitagebart bedeckte seinen markanten Kiefer. Sein Oberteil war gerade eng genug, um die Muskeln zu zeigen, die er darunter verbarg und gerade weit genug, um klar zu machen, dass er sie nicht mit Absicht zur Schau stellte. Der Typ war echt. *Echt sexy*, erklang eine unsensible Stimme in meinem Hinterkopf. Ich schüttelte sie ab. Aufgrund meines Berufs hatte ich täglich mit attraktiven Männern zu tun – kein Grund, jetzt die Fassung zu verlieren. Dennoch wünschte ich mir, dass ich andere Klamotten ohne Schweißflecken anhätte.

Meine Hand hing immer noch in der Luft. Aber Cody schüttelte sie nicht, sondern sah mich von oben bis unten an, bevor er sich wieder seinem Bier widmete.

"Sorry, Ma'am", sagte er und nahm einen großen Schluck, bevor er sein Glas abstellte. "Kein Interesse."

Mir wurde heiß. Dachte er wirklich, dass *ich ihn* anmachen wollte?

"Sie verstehen wohl nicht ganz", sagte ich lachend. "Das ist kein Flirtversuch ... Ich bin die Journalistin von *Life and Fashion*. Das ist ein Magazin von der Ostküste, in dem es um ... ach, egal. Jedenfalls bin ich hier, um über die Ranch zu schreiben."

Ich war mir sicher, dass meine Erklärung zumindest eine etwas positivere Reaktion hervorrufen würde. Aber stattdessen verfinsterte sich seine Miene. "In diesem Fall bin ich *wirklich* nicht interessiert."

Ich runzelte verwirrt die Stirn. *Wirklich* nicht interessiert? An was? An mir? Oder der Arbeit, für die ich gekommen war? Wenn das erste zutraf, fiel das definitiv unter die peinlichsten Momente meines Lebens, besonders, weil ich gar nicht mit ihm flirten wollte. Und wenn Letzteres zutraf – wenn er nicht die Publicity wollte, nach der er ursprünglich selbst gefragt hatte – was machte ich dann eigentlich hier, hunderttausend Meilen weit weg von meinem Zuhause, in dieser schrecklichen Bar voller Schotter und bettelte diesen Mann an, mich mitzunehmen, als sei ich eine grasrauchende Anhalterin. Ich wurde wütend.

“Passen Sie auf, Mr. Sterling”, sagte ich und zwängte mich ihm gegenüber in die Sitzecke. Ich stützte unsanft meine Ellbogen auf den Tisch und lehnte mich vor, sodass ich ihm direkt in seine blauen Augen starren konnte. “Es scheint Ihre Masche zu sein, sich schweigsam und griesgrämig zu geben, was mir normalerweise nichts ausmacht, weil ich Sie nicht kenne und ich Sie auch nicht unbedingt kennenlernen will. Es würde mir normalerweise ebenso wenig ausmachen, dass Sie mir gerade die unhöflichste Begrüßung meines Lebens geliefert haben, obwohl ich Ihnen einen riesigen Gefallen tue, und ich lebe in Manhattan, also heißt das schon was. Was mir aber *sehr wohl* etwas ausmacht, ist die Tatsache, dass ich die nächsten drei Wochen lang auf Ihrer bescheuerten Ranch wohnen soll, mein Jeep aber mit einem Platten drei Meilen von hier entfernt liegengeblieben ist. Und es ist nicht ganz so einfach, dorthin zu gelangen, wenn Sie nicht umgehend Ihre "Fuck you all"-Einstellung ablegen und mich hinfahren."

Stille.

Cody starrte mich mit ausdrucksloser Miene an. Ich starrte zurück, bis ich es nicht mehr aushielt.

"Also?", fragte ich. "Was ist? Wollen Sie nicht langsam mal antworten?"

Langsam nahm Cody einen weiteren Schluck von seinem Bier. "Und diese kleine Ansprache zieht normalerweise?", fragte er schließlich und zog spöttisch eine seiner geraden Augenbrauen in die Höhe.

Ich war empört. "Wie meinen Sie das?"

"Ich meine, bekommen Sie normalerweise das, was Sie wollen, wenn Sie den Leuten ein paar Wörter um die Ohren hauen? Wenn Sie sich aufführen, als wären Sie die Königin des Universums?"

"Ich führe mich nicht auf wie eine Königin,

ich bitte Sie nur um Hilfe", entgegnete ich so würdevoll wie möglich.

“Sie haben mich nicht gebeten, sondern mich aufgefordert. Es kommt hier besser an, wenn Sie höflich sind.”

Ich starrte ihn mit offenem Mund an. “Wenn *ich* höflich bin? Sie haben mir quasi gesagt, dass Sie nichts mit mir zu tun haben wollen!”

“Stimmt nicht. Ich habe nur gesagt, dass ich nicht interessiert bin, was auch stimmt. Das heißt aber noch lange nicht, dass ich Sie nicht fahre, wenn Sie in Schwierigkeiten stecken. Aber Sie haben gar nicht gefragt, weil Sie zu sehr damit beschäftigt waren, mich anzuschreien. Aber klar, ich fahre Sie.” Er trank sein Bier aus, setzte sein Glas ab, rutschte von der Bank und stellte sich vor mich hin. “Kommen Sie”, sagte er und ging Richtung Tür auf der anderen Seite des Raumes. “Mein Truck steht direkt hier vorne.”

“Warten Sie!”, rief ich. Da ich ein wenig panisch war, klang meine Stimme lauter als beabsichtigt. “Können wir ... äh ... auf der anderen Seite rausgehen?”

Er drehte sich zu mir um und runzelte die Stirn. “Was? Warum?”

Ich zögerte. Die Worte waren mir einfach so herausgerutscht. Ich suchte nach einer passenden Erklärung, die mich nicht dastehen ließ wie eine Idiotin.

“Es ist nur ... ich würde es vorziehen, nicht ... durch die Vordertür rauszugehen. Wenn das okay für Sie ist.” Innerlich schlug ich mir an die Stirn. Ich klang *doch* wie eine Idiotin.

Codys Stirn war noch immer gerunzelt. Dann blickte er den Flur hinunter, direkt in den Raum, durch den ich gekommen war und in dem die Männer nun ein schief klingendes Trinklied sangen. Entweder wurde ihm klar, dass ich keine Lust auf neugierige Blicke hatte oder es war ihm einfach egal.

“Ja, okay”, sagte er. “Wir können durch die Küche gehen.”

Leise folgte ich ihm, während er die Schwingtür zu einer leeren Küche aufstieß und an den Edelstahl-Arbeitsplatten, Kühlschränken und dem Herd vorbeiging, bevor wir hinaustraten. Die

Tatsache, dass er das tat, worum ich ihn gebeten hatte, warf die Frage in mir auf, ob ich ihn falsch eingeschätzt hatte. Was hatte die Kellnerin gesagt? Er hatte ein paar harte Jahre gehabt? Ich wusste aus eigener Erfahrung, dass ein paar schwere Jahre eine Person verändern konnten. Vielleicht sollte ich ihm eine zweite Chance geben.

Als wir einen staubigen schwarzen Pickup-Truck erreichten, ging Cody auf die Beifahrerseite und öffnete mir die Tür. Ich stieg ein und bemerkte, dass alles lupenrein war. Es roch nach Leder und nach Holz. Wieder dachte ich, dass Cody vielleicht doch ganz anders war und dass sich hinter seiner kalten Fassade doch ein netter Mensch verbarg. Dann stieg auch er ein und fuhr los.

“Ach, sorry”, sagte ich, als er drehte und nach rechts fuhr. “Wir müssen in die andere Richtung. Mein Gepäck ist noch im Jeep.”

Es entstand eine lange Pause. Wir ließen das letzte Haus des Ortes hinter uns, ohne überhaupt langsamer zu werden.

“Ähm, Cody? Können wir bitte meine Sachen

holen?”

Er sah mich an, als würde er innerlich mit sich ringen. “Die können Sie morgen früh holen”, sagte er schließlich.

Meine Augenbrauen schossen in die Höhe, und ich drehte mich in meinem Sitz zu ihm um. “Meinen Sie das ernst? Warum denn nicht jetzt? Das dauert doch nur fünf Minuten - der Wagen steht nur drei Meilen weit weg!”

“Jetzt eher fünf, also wären wir bei zusätzlichen zehn Meilen. Das sind zehn mehr, als ich heute Abend fahren will.”

“Cody....”

“Uuund ... zwölf Meilen.”

“Ich glaube das einfach nicht”, stöhnte ich und griff mir ins verschwitzte Haar, während mein Blick auf die dunklen, leeren Felder fiel, die von Codys Scheinwerferlicht angeleuchtet wurden. Mein Brustkorb verengte sich; Verwirrung und Hilflosigkeit ließen mein Herz schneller schlagen. “Ich ... *glaube* ... das einfach nicht! Können Sie nicht einfach ... einfach ... EINFACH UMKEHREN,

VERDAMMT NOCHMAL?"

Ich redete gegen eine Wand. Cody blinzelte nicht einmal.

"Da haben wir's schon wieder", sagte er ruhig. "Wenn Sie nicht mehr weiter wissen, schreien Sie. Sie können so viele Wutanfälle haben, wie Sie wollen – wir kehren nicht um. Ich fahre, schon vergessen?"

"Vielleicht sollten Sie überhaupt nicht fahren", fuhr ich ihn an. "Wie viel Bier haben Sie eigentlich in dem verseuchten Loch von einer Bar getrunken? Vielleicht haben Sie die Promillegrenze überschritten. Vielleicht sollte ich die Polizei rufen und behaupten, ich wurde von einem betrunkenen Irren entführt!"

Demonstrativ zog ich mein Handy hervor und hoffte, dass er nicht sehen konnte, dass es mittlerweile ganz leer war. Cody sah nicht einmal zu mir herüber.

"Hier gibt es meilenweit kein Netz. Und selbst wenn, der einzige Cop im Ort ist heute in Louisberg im Einsatz. Er heißt Doug. Ein guter Freund von mir. Doug braucht eine Viertelstunde bis hierher. Theoretisch zumindest, wenn man weiß, wo "hier" ist.

Aber ich wette, Sie haben keine Ahnung."

Es stimmte. Cody war ein paarmal abgebogen, seit wir den Ort verlassen hatten, und ich hatte mich so sehr auf meinen Jeep konzentriert, dass ich nicht auf die Schilder achtete. Es war hoffnungslos. Ich ließ mich in den Sitz zurückfallen, biss die Zähne zusammen und verschränkte die Arme.

"Da ich ja ein betrunkener Irrer bin", sagte Cody fröhlich, "sollten Sie sich vielleicht besser anschnallen. Das ist sicherer."

Wütend funkelte ich ihn an, ohne jedoch seinen Ratschlag anzunehmen. "Was ist mit meinem Computer? Ist *der* sicher? Und meine Kamera und meine Klamotten und *alles*, was noch im Jeep und für jeden fast frei zugänglich ist?"

"Haben Sie abgeschlossen?"

"Natürlich habe ich abgeschlossen!"

"Dann sollten Ihre Besitztümer sicher sein. Jemand von der Ranch muss morgen früh sowieso Ihren Reifen wechseln. Da können Sie mitfahren und Ihre Sachen holen."

"Dann soll ich also in diesen ekelhaften

verschwitzen Klamotten schlafen?"

Einen Moment lang sah mich Cody merkwürdig an. Es kam mir so vor, als würde er sich gerade vorstellen, wie ich *ohne* Klamotten aussehe. Aus irgendeinem Grund wünschte ich mir das trotz meiner Wut sogar. Beinahe wollte ich, dass er auf mich stand. Aber nur beinahe, denn das war albern. Er war ja nicht einmal *interessiert.* Hach!

"Sie können heute was von mir anziehen", sagte er und bog wieder auf die Straße. Seine Stimme klang etwas sanfter. "Ich glaube, Ma hätte zwar auch ein paar Sachen, aber ich will sie so spät nicht wecken."

Mehrere Meilen lang wechselten wir kein Wort, bis ich das riesige Kalksteinschild sah, das die Einfahrt zur Sterling Ranch markierte. Cody bog auf den kleinen Pfad ab, der zum Haus führte, und fuhr langsamer. Plötzlich, als wir gerade unter einem Metallbogen mit einem großen 'S' in der Mitte durchfuhren, vibrierte der Truck ein paar Sekunden lang und machte einen so fürchterlichen Lärm, dass ich beinahe vor Schreck aufschrie.

“Was war das denn?”, fragte ich Cody entsetzt. Ich hörte mich an wie ein Kind und hasste mich dafür.

“Das Rumpeln?”, fragte er und sah mich wieder merkwürdig an. “Das war der Viehalarm.”

Als ich verständnislos den Kopf schüttelte, fuhr er fort: “Ein Viehalarm ist eine Reihe von Rohren, die so weit auseinander gelegen sind, dass die Tiere nicht darüber laufen können. Das funktioniert in etwa wie ein Zaun, aber man kann darüberfahren, ohne dass man aussteigen und ein Tor öffnen muss.”

“Ach so”, sagte ich und kam mir ziemlich blöd vor. “Hört sich nach ... einer guten Erfindung an.”

“Jep. Ist es.” Cody sah mich wieder an und schüttelte den Kopf. “Sie sind wirklich ein Stadtmensch, was?”

Da ich mir nicht sicher war, ob seine Anmerkung eine Beleidigung oder lediglich eine Feststellung sein sollte, antwortete ich nichts darauf. Und dann waren wir auf einmal da.

Wir hatten ein riesiges Kiesgrundstück erreicht, das mindestens so groß war wie ein Fußballfeld und von mehreren Gebäuden umgeben war. Ein paar Lichter schienen von hohen Holzpfählen hinab und erleuchteten ein Holzhaus mit zwei Etagen, das wahrscheinlich das Hauptgebäude war. Links davon, hinter einem ovalen Platz, um den viele Metallfässer standen, befand sich eine große Scheune. Dahinter lag alles im Dunkeln. Cody fuhr hinter das Holzgebäude und parkte neben drei kleinen Hütten.

"Die meisten Touristen übernachten in der Lodge", erklärte Cody und deutete mit dem Kopf Richtung Holzgebäude. "Diese Hütten wurden für Menschen gebaut, die sich ein bisschen mehr Privatsphäre wünschen. Sie bekommen Nummer 2."

Wir stiegen aus und schlugen schweigend die Türen zu. Cody ging zu der Hütte, auf die eine römische Zwei gemalt war, stieg die Treppe der Veranda hinauf und holte einen Schlüssel aus seiner Tasche. Er schloss die Tür auf, schaltete das Licht an, warf einen Blick hinein und gestikulierte dann in meine Richtung.

"Ihr Schlüssel ist auf der Küchenanrichte. Treten Sie ein; ich hole Ihnen was zum Anziehen."

Mit diesen Worten sprang er von der Veranda und ging zu einer der anderen Hütten – auf der Tür stand eine römische Eins.

"Wohnen Sie dort?", fragte ich. Ich war überrascht, dass seine Bleibe nicht größer war als eine Gästeunterkunft.

"Ist das ein Problem für Sie?" Sein Tonfall klang nun wieder unterkühlt.

Mit funkelnden Augen hob ich mein Kinn. "Nein, und für *Sie?"*

In der Dunkelheit konnte ich seinen Gesichtsausdruck nicht sehen. "Ich schätze, wir müssen uns damit arrangieren, so gut es geht", war alles, was er sagte, bevor er seine eigene Hütte aufschloss.

Ich verdrehte die Augen und trat nun auch in meine Hütte ein.

Tatsächlich war ich positiv überrascht, sogar hocherfreut. Es war ein offener Raum, in dem sich die

Küche auf der linken Seite befand. Es gab einen Kamin, und auf der rechten Seite stand ein gemütliches Sofa. Hinten befand sich das hübsch dekorierte Bad. Der Holzboden war mit mehreren weichen braunen Teppichen ausgelegt, die Dekoration war minimalistisch und neutral – ein Stapel Bücher hier, ein paar Kerzen dort. In der Nähe des Badezimmers führte eine Wendeltreppe nach oben in den Schlafloft mit überraschend hohen Decken und einem gemütlichen Bett. Im Großen und Ganzen war ich begeistert. Jemand hatte bei dieser Hütte ganze Arbeit geleistet. Wenn der Rest der Ranch genauso aussah, würde mein Artikel ziemlich positiv ausfallen.

Als ich die Treppe wieder hinunterging, hörte ich auf der Veranda Schritte. Cody klopfte zweimal, bevor er eintrat. In den Händen hielt er ein paar Handtücher, eine Papiertüte und ein dunkelblaues Button-Down-Hemd aus Baumwolle. Es war das erste Mal, dass ich ihn im Licht sah, seit ich ihn vorhin in der Bar kennengelernt hatte, und wieder hatte ich das Gefühl, als würde ich gleich umfallen. Er sah einfach so gut und stark aus. Seine Jeans saß wie angegossen ... sein Hals war robust, ohne breit zu wirken ... ich wollte, dass er mich anlächelte und etwas Nettes zu mir sagte, dass er seine langen Finger um meine Taille schlang.

“Ich habe Ihnen eins meiner längsten Hemden mitgebracht”, sagte er und brach damit das Schweigen. Er überreichte mir alles, was er in den Händen hielt. “Das sollte als Nachthemd funktionieren. Im Abstellraum finden Sie Waschmaschine und Trockner – das, was Sie zurzeit tragen, kann also bis morgen früh sauber und trocken sein.”

“Was ist denn in der Tüte?”, fragte ich und blickte neugierig darauf.

“Hauptsächlich Seife. Ich war mir nicht sicher, ob Ma im Badezimmer alles vorbereitet hat, daher ... tja. Und eine Zahnbürste. Eine neue”, fügte er eilig hinzu.

“Sie haben nicht zufällig Schaumfestiger oder Haargel, hm?”, fragte ich zaghaft.

“Wofür?”

Ich verdrehte die Augen. “Ich weiß auch nicht ... wofür würden *Sie* Schaumfestiger und Haargel benutzen?”

Er sah mich an. “Überhaupt nicht”, erwiderte er knapp.

Eigentlich hätte ich es ahnen müssen.

“Natürlich”, murmelte ich. “Danke.”

Cody erklärte mir, dass das Frühstück am nächsten Morgen um acht Uhr in der Lodge serviert würde. “Ma wird jemanden damit beauftragen, mit Ihnen Ihre Sachen zu holen. Neben dem Kühlschrank ist ein Telefon, falls Sie mich immer noch bei der Polizei melden wollen.” Mit diesen Worten ging er zur Tür.

“Hey, warten Sie”, sagte ich. Ich konnte die Fragen, die mir auf der Zunge brannten, nicht länger zurückhalten. “Was haben Sie eigentlich für ein Problem mit mir? Warum wollen Sie mich nicht hier haben? Und warum waren Sie ganz allein in der Bar? Was ist Ihnen in den letzten Jahren denn so Schlimmes widerfahren, weswegen Ihnen das Leben so ...*widerwärtig* vorkommt?”

Cody hielt inne, als seine Hand schon den Türknopf umfasste. Lange sah er mich an, seine blauen Augen durchdrangen mich mit einem dunklen, nicht zu deutenden Blick. Er trat wieder einen Schritt auf mich zu und neigte seinen Kopf leicht zur Seite. “Warum wollten Sie nicht an den Typen in der Bar vorbei?”, fragte er anstatt mir zu antworten. “Warum glauben Sie, Sie müssten vor anderen ein bestimmtes Bild aufrechterhalten, anstatt einfach Sie selbst zu sein? Und was ist mit dem Ring passiert, den Sie lange Zeit jeden Tag an der linken Hand getragen haben?”

Ich blinzelte ihn überrascht an. “Na ja, ich ... ich meine ...” Unwillkürlich blickte ich auf meine Hand hinab, wo sich noch immer eine leicht hellere Linie abzeichnete, weil die Stelle in der Sonne nie braun geworden war. Dort hatte ich den Verlobungsring von Jason getragen. Vor einer Woche hatte ich ihn endlich verkauft.

“Sehen Sie?”, sagte Cody kalt und unterbrach damit meine Gedanken. “Ich kann auch neugierige Fragen stellen, die Sie lieber nicht beantworten. Gute

Nacht, Ma'am.”

KAPITEL 3

Die Uhr neben meinem Bett verriet mir, dass ich bis 7:45 Uhr geschlafen hatte – eine bizarre Begebenheit für eine Frau, die in den letzten zehn Jahren täglich um 5:30 Uhr aufgestanden war. Nicht ganz sicher, ob ich wütend oder zufrieden darüber sein sollte, schlüpfte ich aus dem Bett und ging die Stufen meines Loft hinunter in die Küche, hinter der sich der Vorratsraum befand, der mir nicht aufgefallen wäre, wenn Cody ihn nicht erwähnt hätte. Nachdem er weg war, hatte ich geduscht, sein Hemd, das nach Zedernholz, frischem Heu und Regen roch, angezogen, meine eigene Kleidung gewaschen und sie zum Trocknen aufgehangen.

Eilig, um nicht zu spät zum Frühstück zu kommen, zog ich meine Unterhose, meinen BH und meine Jeans an. Als ich nach meiner Seidenbluse griff, hielt ich einen Augenblick inne. Stattdessen schlüpfte ich in Codys Hemd und knotete es an der Taille zusammen, sodass es fast modisch aussah. Ich versuchte, nicht darüber nachzudenken, was diese Entscheidung bedeutete.

“Ich will einfach keine zerknitterte Seide anziehen”, sagte ich mir und nickte mir entschlossen im Spiegel zu. “Genau.”

Nach einem kurzen Zwischenstopp im Badezimmer, wo ich mir die Zähne putzte und bedauerte, dass mein Haar ohne Schaumfestiger ziemlich fransig aussah, schnappte ich mir den Hausschlüssel und trat hinaus in die Morgensonne.

Bei Tageslicht war die Sterling Ranch noch schöner. Ich sah nun mehr Ställe, Gebäude und Verschläge hinter der riesigen roten Scheune, die mir am Abend zuvor schon aufgefallen war. In der anderen Richtung, hinter der Lodge, entdeckte ich ein großes, zweistöckiges Farmhaus und ein paar Hütten, die so ähnlich aussahen wie meine, jedoch ein bisschen größer waren. Insgesamt war ich ziemlich beeindruckt.

Ich betrat die Lodge durch den Vordereingang,

ging durch die leere Lobby mit diversen Sofas, einer hohen Decke sowie einem Backsteinkamin und ging in einen großen Raum, der als Cafeteria, Wohnzimmer und Lounge für die Touristen diente. Ringsherum befand sich eine Empore mit Türen, die zu den Zimmern gehörten. Von dort aus führten mehrere Treppen hinunter. Die Dekoration hier war ein bisschen auffälliger – Hufeisen, Satteldecken und Lassos teilten sich den Platz mit Geweihen, Fellen, ausgestopften Fasanen sowie Gemälden von Pferden, Vieh und Cowboys. Dort, wo ich stand, befanden sich sechs oder sieben runde Holztische. An ein paar von ihnen saßen Leute, die ihre Gespräche einstellten, als ich den Raum betrat. Ich sah Cody an dem Tisch sitzen, der am weitesten von mir weg stand. Er sah mich einen Moment lang an und schaute dann wieder auf sein Frühstück.

"Schau mal einer an, wer da ist!", hörte ich eine vertraute Stimme hinter mir, die ich aber nicht recht einzuordnen wusste. Ehe ich mich versah, wurde ich von einer älteren Dame mit blonden Locken umarmt, die etwas kleiner und rundlicher war als ich. Ich bemühte mich, locker zu bleiben, aber da ich Umarmungen nicht wirklich mochte, gelang es mir nicht.

Allerdings schien die Frau meinen Widerwillen nicht zu bemerken, denn als sie sich von mir löste und mir die Hand schüttelte, strahlte sie mich durch ihre dicken, runden Brillengläser an. “Ich bin LuAnn Sterling”, sagte sie. “Sie können mich Lu nennen. Mein Mann und ich haben die Ranch damals zusammen aufgebaut, aber mittlerweile koche ich nur noch und sehe meinen Jungs dabei zu, wie sie ihr Ding machen. Ach, ich freue mich ja so, dass Sie hier sind! Wir haben telefoniert – erinnern Sie sich?”

“Ah”, erwiderte ich und nickte. “Ja, richtig. Sie haben mir den Weg erklärt.”

“Ganz genau! Wie ich sehe, haben Sie gut hierher gefunden!”

“Ehrlich gesagt nein, denn ich hatte drei Meilen vor dem Ort einen Platten. Ach ... das ist eine lange Geschichte. Um es kurz zu machen: Cody hat mich hergefahren.”

“Oh, Sie haben meinen Sohn also schon

kennengelernt!”, sagte Lu und blickte mit einem schiefen Lächeln in Codys Richtung. “Ich hoffe, er war nett zu Ihnen.”

“Er ...” Ich dachte darüber nach, wie ich die Frage beantworten sollte. “Er hat mich hergefahren”, sagte ich dann einfallslos.

Lu warf mir einen wissenden Blick zu. “Er ist wie ein gefülltes Karamellbonbon, Schätzchen. Wenn man sich erstmal durch die harte Schale gebissen hat, merkt man, dass er süß und zart ist.” Nun lächelte sie liebevoll.

“Das werde ich mir merken", versicherte ich ihr.

Lächelnd tätschelte mir Lu den Rücken. “Tun Sie das. Und in der Zwischenzeit möchte ich, dass Sie unser Team kennenlernen.”

Lus Hand lag immer noch auf meinem Arm, als sie mich zum ersten Tisch führte, an dem sechs Männer frühstückten. Als wir näher rankamen, musste ich mich höllisch bemühen, nicht allzu erschrocken dreinzuschauen. *Alle* sahen schlichtweg umwerfend gut aus.

“Dieser Gentleman hier ist T.C. Sherman - er ist unser Reitlehrer”, erklärte Lu und deutete auf einen schlanken Mann mit feinen Gesichtszügen und sandblondem Haar, das in Wellen über seine Ohren bis in den Nacken fiel. Sein Lächeln war herzlich und echt, und ich lächelte zurück, ohne nachzudenken. “Neben T.C. sitzen unsere beiden Helden Max Black und Aaron Sullivan. Sie springen von Dächern und ärgern arme Geschöpfe, die man eigentlich besser in Ruhe lassen sollte. Aber das tun sie schon, seit sie zusammen im Kindergarten waren.” Ein stämmiger Mann mit quadratischem Kopf und kurzem Haar grinste mich an und stieß dem Mann mit dem blonden Bart, der neben ihm saß, mit dem Ellbogen an. Ich konnte sehen, dass dieser seinen Sitznachbarn ebenfalls unter dem Tisch kniff. Die beiden wirkten wie alberne Fünftklässler, offenbar waren sie ein eingespieltes Team. “Daneben sitzt Benjamin Cloudwater”, fuhr Lu fort und deutete auf einen Mann mit makelloser honigfarbener Haut, schwarzem Haar mit Seitenscheitel und einer starken, geraden Haltung. “Und das ist mein jüngerer Sohn Isaac, der oft mithilft, wenn er seine Hausaufgaben erledigt hat.” Isaac, der ungefähr fünfzehn sein musste, war eine schüchterne, schlaksige Version von Cody. Nur sein Haar war dunkler, und er hatte braune Augen. Ich lächelte ihn freundlich an. “Und als Letztes haben wir Blake Sterling, meinen Neffen. Ihm gehört die Ranch gemeinsam mit Cody und Isaac.”

Blake erhob sich von seinem Stuhl und kam herüber, um mir die Hand zu schütteln. Er war fast so groß wie Cody; sein dunkelbraunes Haar war kunstvoll zerstrubbelt, seine braunen Augen wirkten verschmitzt, seinen Bart hatte er sorgsam getrimmt, und sein Lächeln war bezaubernd.

“Freut mich, Sie kennenzulernen, Tarryn”, sagte er und zwinkerte mir zu. Ich nickte ihm zu und hoffte, dass er nicht merkte, wie sehr mein Herz raste, als er mich berührte. Ich hatte das Gefühl, als wüsste dieser Kerl nur allzu gut, welche Wirkung er auf Frauen hatte, aber ich nahm mir fest vor, nicht die nächste Kerbe an seinem Bettpfosten zu werden.

Offenbar war Lu noch nicht fertig damit, mir Leute vorzustellen. Ich versuchte, mich darauf zu konzentrieren, was sie sagte, was jedoch schwer war, da Blakes Blick immer noch auf mir ruhte.

“... und am anderen Tisch haben wir Roger, Frank und Little John – sie arbeiten mit dem Vieh und halten sich meist im Hintergrund. Und Cody kennst du ja schon.”

Ich nickte den drei älteren Männern zu, die zum Gruß ihre Hüte antippten und schaute mit Absicht nicht zu Cody hinüber.

“Gut, das waren erstmal alle”, sagte Lu und legte ihre Hände zusammen. “Haben Sie Hunger? Ich habe Rührei und Röstis gemacht.”

“Vielen Dank, aber ich bin eigentlich keine große Frühstückerin”, erwiderte ich entschuldigend. “Ich würde einen Kaffee trinken, falls Sie welchen da haben. Und dann wäre ich dankbar, wenn mich jemand zu meinem Jeep bringen könnte. Ich mache mir etwas Sorgen um mein Gepäck, das noch im Wagen ist.”

Sofort sprangen Max, T.C., Benjamin und Blake auf.

“Ich fahre Sie ...”

“Ich habe heute Morgen nichts vor ...”

“Ihr setzt euch wieder hin. Ich übernehme das ...”

“Okay, alle miteinander - behaltet eure Hosen an”, befahl Lu und bedeutete den Männern mit einer Handbewegung, dass sie sich wieder hinsetzen sollen, was sie auch taten, wenn auch etwas niedergeschlagen. Lu sah mich besorgt an. “Schätzchen, warum haben Sie Ihr Gepäck denn nicht gestern Abend schon mitgebracht, anstatt es unbeaufsichtigt dort zu lassen?”

“Wir ... waren etwas in Eile”, sagte ich ausweichend, denn ich wollte Cody nicht beschuldigen, auch wenn ich noch immer wütend auf ihn war. Doch mein Versuch schlug offenbar fehl, denn Lus Gesichtszüge verhärteten sich.

“Ich nehme an, heute Morgen hast du es aber nicht eilig, was, Cody James?”, fragte sie und erhob sowohl ihre Stimme als auch ihre Augenbrauen. Ihr Sohn sah aber nicht einmal von seinem Teller auf.

“Im Grunde”, sagte er und räusperte sich, “wollte ich die Schuppen am Highway 80 ausbessern

– dazu wollte ich Isaac mitnehmen und mich heute an die Arbeit machen ...”

“Cody!” Lus Stimme schnitt durch den Raum.

Es war merkwürdig mit an zu sehen, wie Cody zu seiner wütenden Mutter aufblickte und Rebellion in seinen Augen aufflammte, bevor er ergeben gehorchte.

“Ich schätze, eine Stunde kann ich opfern”, murmelte er und senkte den Kopf.

Lu wandte sich mir zu und lächelte, als hätte sie ihren erwachsenen Sohn gerade nicht vor allen Anwesenden wie ein Kind maßregeln müssen. “Dann hätten wir das also auch geklärt”, sagte sie zufrieden, “und ich hole Ihnen mal den Kaffee, Liebes.”

Eine halbe Stunde später hatte ich ein Deja vu – Cody und ich saßen in seinem Pickup-Truck und fuhren durch die Prärie. Er trug ein ausgefranstes T-Shirt mit dem fast völlig ausgewaschenen Aufdruck “Brindlewood Leopards”. Die Ärmel waren abgeschnitten. Ich zwang mich, nicht auf seine starken Arme zu starren, die von den langen Tagen in der Sonne golden gebräunt waren. Stattdessen konzentrierte ich mich voll und ganz auf die Straße und versuchte, mir einzuprägen, wo wir abbogen, damit auch ich mich auf der Strecke zurechtfinden würde. Ich bemerkte sogar die Brücke und die alte Scheune, von der mir Lu am Telefon berichtet, die ich in der Dunkelheit aber übersehen hatte. Cody sagte kein Wort zu mir, außer dass ich noch immer sein Hemd trug.

"Haben Sie Ihre Bluse nicht gewaschen?"

Ich bemühte mich, nicht zu erröten.

"Die muss ich immer in die Reinigung bringen", erwiderte ich.

"Natürlich."

Mehr sagten wir nicht, bis wir meinen Jeep erreichten. Cody holte ein paar Verkehrshüte vom Rücksitz, reichte mir einen und behielt den anderen selbst.

"Hier. Geben Sie mir Ihre Schlüssel und nehmen Sie das. Stellen Sie den Hut oben am Hügel auf. Hier fahren nicht viele Autos, aber falls doch jemand vorbeikommt, sollte er wissen, dass er abbremsen muss."

Da ich nicht schon wieder mit ihm diskutieren wollte, führte ich seine Anweisungen aus. Als ich wieder am Wagen ankam, hatte er den Hut bereits an seinem Hügel aufgestellt und stand wieder am Jeep. Er hatte auch schon einen Wagenheber, einen Ersatzreifen und einen langen Metallhaken aus dem Kofferraum geholt und neben meinem platten Riefen platziert.

"Alles klar", sagte er. "Ich habe die Handbremse schon angezogen und einen Block hinter die Reifen gestellt. Als Nächstes müssen wir Ihren Wagenheber befestigen und den Wagen aufbocken, damit keinerlei Gewicht auf dem Reifen ist."

"Super", sagte ich und schirmte mit einer Hand das Sonnenlicht ab, damit ich ihn bei der Arbeit beobachten konnte. Zu meiner Überraschung stand er einfach nur da.

"Dann mal los", sagte er nach einer langen Pause zu mir.

"Wie, los?"

"Bocken Sie den Wagen auf."

Ich hätte fast laut gelacht, aber dann wurde mir klar, dass Cody keinen einzigen Witz gemacht hatte, seit ich ihn kannte. Mein Herz sank. “Oh, Gott. Sie meinen das tatsächlich ernst, oder?”

“Jep.”

“Sie wollen mich wirklich zwingen, idiotisch viel Zeit damit zu verbringen, mich mit dem Reifen abzukämpfen, obwohl Sie dafür nur halb so lange brauchen würden?”

“Wahrscheinlich noch weniger.”

Ich biss die Zähne zusammen, damit ich nichts sagte, was ich später bereuen würde. “Ich dachte, Sie hätten heute noch was Wichtiges vor.”

“Habe ich auch.”

“Ich zufälligerweise auch. Warum sollten wir also Zeit verschwenden, nur weil Sie das Leben hassen und wütend auf Ihre Mutter sind?”

“Es geht hier weder um mich noch um Ma”, erwiderte Cody kopfschüttelnd “Ich tue das ausschließlich für Sie.”

Ich verdrehte die Augen. “Weil Sie mich hassen.”

“Weil Sie das brauchen.”

“Ach, wirklich?”, fragte ich, verschränkte die Arme vor der Brust und trat einen Schritt näher an Cody heran, sodass ich in seinem Schatten stand und ihn direkt ansehen konnte, ohne geblendet zu werden. “Und warum brauche ich das? Weil ich ein dummes Stadtmädchen bin, das zurechtgewiesen und dem gezeigt werden muss, wie die *wahre* Welt funktioniert? Da habe ich aber Glück gehabt, dass ich *genau* den Richtigen dafür kennengelernt habe!”

Bevor er antwortete, trat auch Cody einen Schritt näher an mich heran. Nun waren wir nur noch wenige Zentimeter voneinander entfernt. Seine breiten Schultern waren direkt auf meiner Augenhöhe, sodass ich aufschauen musste, um seinem intensiven Blick zu begegnen. Mit großer Mühe versuchte ich die Tatsache zu ignorieren, dass ich sein Duschgel riechen konnte – das gleiche, dass er mir gestern Abend auch gegeben hatte – und seinen Atem auf meiner Haut spürte. “Sie brauchen es”, sagte er mit leiser, aber schneidender Stimme, “weil Sie nicht wissen, wie es geht und Ihnen keiner garantieren kann, dass Sie nicht nochmal einen Platten haben, bevor Sie die "bescheuerte Ranch" wieder verlassen."

"Sie versuchen also nur, mich zu beschützen, was?"

Ich wollte eigentlich sarkastisch klingen, denn welcher Idiot zwang eine Frau schon dazu, eine Gebrauchsanweisung zu lesen? Aber stattdessen klang meine Stimme wehmütig – so wie man halt klang, wenn man jemandem gegenüber stand, der einen gerade total verzaubert hatte. So wie eine Frau klang, die jemanden *wollte* statt ihn zu verabscheuen.

Eine Weile starrte mich Cody schweigend mit zusammengezogenen Augenbrauen an und sein Ausdruck war nicht zu deuten. Wir waren wie aneinander gefesselt, bewegungslos, abgesehen von unseren Brustkörben, die sich beim Atmen hoben und senkten. Flüchtig überlegte ich, ob er versuchen würde, mich zu küssen. Aber dann trat er einen Schritt zurück und deutete auf den Jeep.

"Dann lassen Sie uns mal loslegen", sagte er sachlich.

Als hätte mich jemand aus dem Schlaf gerissen, blinzelte ich, atmete scharf ein und begann den Wagenheber hochzukurbeln.

KAPITEL 4

Die Sonne schien noch immer gnadenlos, als ich gerade dabei war, die letzte Radmutter an meinem frisch gewechselten Rad festzuziehen, und mein Hemd war vollkommen durchgeschwitzt. Bisher musste ich mir wohl eingestehen, dass mir das Landleben nicht bekam. Ich war zu sehr daran gewöhnt, es trocken und sauber um mich herum zu haben.

Als Cody jedoch meine Arbeit überprüfte, nickte und mir versicherte, dass ich die Sache gut gemacht hatte, empfand ich ein wenig Stolz. Das letzte Mal, als ich einen Reifen angefasst hatte, war während einer Verkehrsstunde in der Highschool. Und damals hielt ich nur das Werkzeug, während mein Mitschüler Sammy die ganze Arbeit erledigte. Nun fühlte ich mich so, als hätte ich wirklich etwas erreicht.

“Sieht so aus, als könnte man einem

Stadtmädchen *doch* noch was beibringen”, sagte ich zu Cody und hoffte, dass ich ihm ein Lächeln entlocken würde. Zu meiner Überraschung lachte er tatsächlich leise.

“Beim nächsten Mal probieren wir es mit 'Sitz' und 'Platz'”, meinte er, lehnte sich an den Jeep und stellte seinen Fuß auf die Stoßstange. “Vielleicht schaffen wir sogar eine Drehung, wenn es gut läuft.” Das erste Mal, seit ich ihn kannte, wirkte er entspannt, und beim Anblick seines Lächelns spürte ich Schmetterlinge im Bauch.

“Mit Sicherheit kann ich schwierige Anweisungen ausführen”, scherzte ich. “Haben Sie keine Heuballen, die ich aufstapeln oder ein wildes Pferd, mit dem ich es aufnehmen kann?”

“Ich habe ein paar große Milchkühe, mit denen Sie kämpfen könnten.”

Ich lachte und erhob mich. Dabei wischte ich mir die Hände an meiner Jeans ab. “Ich glaube, darauf verzichte ich lieber – das kann ja einer von den anderen Touristen übernehmen. Die kommen heute Nachmittag an, oder?”

Als er das Wort “Tourist” hörte, zog sich ein unsichtbarer Vorhang über Codys Gesicht, und sein ganzes Verhalten änderte sich mit einem Mal.

“Wir sollten zurückfahren”, sagte er, ohne meine Frage zu beantworten. Er stieß sich vom Jeep ab und machte sich auf den Weg, um die Verkehrshüte wieder einzusammeln. “Sie können mir bis zur Ranch hinterherfahren – halten Sie einfach genügend Abstand, damit Sie meinen Staub nicht abbekommen.”

Innerhalb weniger Sekunden beschloss ich, dass *das* nicht geschehen würde. “*Sie* sollten aufpassen, dass Sie *meinen* Staub nicht abbekommen!”, stieß ich aufgebracht hervor. Dann öffnete ich schwungvoll die Autotür, stieg ein, drehte den Zündschlüssel um und fuhr los, damit Cody nun mir hinterherfahren musste.

Zum Glück erinnerte ich mich noch an die Strecke und fand ohne Probleme zur Sterling Ranch zurück. Ich erschauderte bei dem Gedanken daran, wie peinlich es gewesen wäre, wenn ich mich verfahren hätte und Cody mich hätte suchen müssen. Es war kindisch, einfach loszufahren, aber ich kam mit der Frustration nicht klar, die Codys unterkühlte Art in mir hervorrief. Als ich vor meiner Hütte geparkt, mein Gepäck aus dem Wagen geholt, meine Kleidung in die Schubladen einsortiert und alle Ladegeräte eingestöpselt hatte, bereute ich mein Verhalten schon wieder, aber nun konnte ich es nicht mehr ändern.

So schnell wie möglich duschte ich, zog meine Wrangler-Jeans, ein weißes Tanktop und meine neuen Stiefel an. Ich glättete meine Haare, schminkte mich und war wie immer begeistert darüber, wie viel besser ich mich mit ein bisschen Eyeliner fühlte. Ich hinterließ eine kurze Nachricht auf Janets Mailbox: "Ich kann nicht glauben, dass du mich an einen Ort ohne kabelloses Internet geschickt hast ..." Dann schnappte ich mir mein Aufnahmegerät und mein Notizbuch und ging mit knurrendem Magen hinüber zur Lodge.

Diesmal saßen nur Blake, T.C. und zwei Frauen, die ich noch nicht kannte, an den Tischen.

Als Blake mich sah, pfiff er.

“Hi Tarryn”, sagte er und lächelte anerkennend. “Du siehst umwerfend aus. Komm her – ich habe dir den besten Platz freigehalten.” Er erhob sich und zog einen Stuhl neben sich heran. Ich verdrehte die Augen, konnte mir jedoch ein Grinsen nicht verkneifen. Sein rotes Button-Down-Hemd dehnte sich über seiner breiten Brust, und seine Gesichtszüge sowie seine dunklen Haare waren der Inbegriff eines GQ-Models. Ich traute ihm zwar immer noch nicht, aber ich durfte doch wohl trotzdem ein bisschen Spaß haben.

Als ich mich hinsetzte, deutete Blake auf eine Platte mit Sandwiches und eine Schale mit Kartoffelchips in der Mitte des Tisches. “Ich hoffe, Sie mögen Salami”, sagte er. “Das ist das Leibgericht der Mitarbeiter.”

Ich mochte zwar keine Salami, aber ich hatte großen Hunger, also nahm ich mir ein Sandwich und biss hinein.

Während ich aß, stellte mir Blake die beiden Frauen vor. “Das sind unsere bezaubernden

Zimmermädchen Brandi Ewing und Sarah Sullivan. Meine Damen, das ist Tarryn Smith."

"Sullivan", wiederholte ich nachdenklich. "Ich glaube, den Namen habe ich kürzlich schon mal gehört ..." Nun erinnerte ich mich. "Sind Sie mit dem Aaron Sullivan verwandt, den ich heute Morgen kennengelernt habe?"

Sarah errötete. Sie war ein hübsches, schlicht aufgemachtes Mädchen mit langem braunem, angestuftem Haar und Sommersprossen auf der Nase sowie auf den blassen Wangen. "Das ist mein Mann", antwortete sie. Ihre Stimme wirkte so zerbrechlich und niedlich wie alles an ihr.

"Sie kennen sich seit der Highschool", sagte Brandi, die dunkelhaarige Frau mittleren Alters, die neben ihr saß. "Ich habe noch nie ein junges Paar erlebt, das so verliebt ist."

"Ja, absolut widerlich", bestätigte Blake, woraufhin T.C. lachte und Sarah errötete. "Der Rest von uns ist einsam und unglücklich, um es wieder auszugleichen."

"Wo sind denn eigentlich die anderen?",

fragte ich und sah mich im leeren Speisesaal um.

"Vorbereitungen", antwortete T.C. mit einem begeisterten Grinsen. "Max und Sully sind mit Little John zum Flughafen gefahren, um die neuen Gäste abzuholen. Isaac röstet draußen gerade ein Wildschwein für den Grillabend, den wir heute veranstalten. Lu bereitet das andere Essen vor, und Benji holt Holz für das Lagerfeuer. Ich striegele gleich die Pferde, die wir heute Abend in der Show reiten."

Das weckte mein Interesse. "Die Show?"

"Ja. Wir geben den Leuten gern einen kleinen Einblick in das, was sie hier in den nächsten Tagen lernen werden. Wir führen also alle ein paar Tricks vor, fangen ein Kalb mit einem Lasso ein und erzählen, warum wir die Ranch so lieben."

"Und was macht Cody?", fragte ich neugierig.

T.C. hielt inne und sah Blake an. "Cody ... bringt sich nicht sonderlich stark ein. Er hilft nur aus, wenn wir ihn unbedingt brauchen."

Ich runzelte die Stirn. "Warum bringt er sich denn auf seiner eigenen Ranch nicht ein?"

“Das ist ... kompliziert.” T.C. verzog das Gesicht, die Unterhaltung war ihm sichtlich unangenehm.

“Ich verstehe”, sagte ich, obwohl ich gar nichts verstand und wandte mich wieder an Blake. “Und was machen Sie jetzt?”

“Na ja, ich muss noch ein paar Kleinigkeiten erledigen, bevor es hier voll wird. Aber ich habe mir gedacht, dass Sie wahrscheinlich ein paar Fragen zur Ranch haben, und habe mir daher für morgen Früh ein bisschen Zeit genommen, um Sie auf eine kleine Tour mitzunehmen. Ich hoffe, halb sieben ist nicht zu früh für Sie?”

Ich grinste. “Bis dahin bin ich schon eine Stunde wach.”

Blakes Augenbrauen schossen in die Höhe, und er grinste. “Na, *das* klingt ja mal nach einer Herausforderung. Wollen Sie etwa andeuten, dass Sie härter arbeiten als wir Jungs auf der Farm?”

“Nein, das ist einfach eine Tatsache.”

“Tatsachen wie diese sorgen normalerweise dafür, dass Sie um 4 Uhr morgens geweckt werden, und zwar mit einem Eimer voller Eiswasser."

Ich beugte mich zu Blake vor und kniff meine Augen zusammen. "Das würden Sie nicht wagen."

Er beugte sich ebenfalls vor, und seine Augen funkelten genauso sehr wie das Feuerwerk, das gerade in mir explodierte. "Wir werden sehen."

Mir wurde bewusst, dass ich zu sehr mit ihm flirtete, wenn man bedenkt, dass ich mir erst wenige Stunden zuvor fest vorgenommen hatte, mich nicht auf ihn einzulassen. Er wusste genau, wie er mir verdeutlichen konnte, dass er gewiss oft auf diese Art mit Frauen flirtete. Und sie wahrscheinlich auch herumbekam. Ich war auf dem besten Weg, in etwas hineinzuschlittern, was mich verletzten würde, und ein Teil von mir wusste das auch.

Aber ein anderer Teil von mir wollte unbedingt die Aufmerksamkeit dieses unglaublich attraktiven Mannes auf sich ziehen. Es gefiel mir, dass ich keinen einzigen Gedanken an Jason verschwendet hatte, seit ich mich mit Blake unterhielt. Auch an Cody hatte ich nicht gedacht ... Warum mir ausgerechnet das durch den Kopf schoss, wusste ich selbst nicht recht.

“In der Zwischenzeit”, fuhr Blake fort, während er sich erhob, “kann T.C. Ihnen die Ställe zeigen und erste Fragen beantworten, die Sie vielleicht haben. Dann bis morgen, Ma'am.” Er zwinkerte mir zu. “In alter Frische!”

“Wie lange sind Sie denn schon Reitlehrer?”, fragte ich T.C., während er mit einer weichen Bürste über das Fell eines kupferfarbenen Wallachs strich, den er mir als “Rusty” vorstellte. Er hatte Rusty aus einem der zwanzig Pferdeboxen geholt, ihm ein Halfter umgelegt und ihn an einem Seil zu einem kleinen Platz mit Sägespänen geführt, an dessen Seite mehrere Werkzeuge lagen. Am Ende des Ganges befand sich eine große Sattelkammer.

“Schwer zu sagen”, antwortete er und duckte sich unter Rustys Seil, um auf die andere Seite zu gelangen, wo er das Pferd weiter in beständigem Rhythmus striegelte. “Ich habe nie wirklich eine Ausbildung gemacht, sondern bin einfach auf der

Farm meines Vaters damit aufgewachsen.”

Ich machte eine Notiz in meinem Buch. “War seine Farm in der Nähe?”

“Ist sie immer noch. Ungefähr zehn Meilen westlich von hier.”

“Also kennen Sie die Sterling-Jungs schon seit Ihrer Kindheit.”

“Bin mit ihnen zur Highschool gegangen. Na ja, eigentlich nur mit Blake.” T.C. hörte auf, Rusty zu bürsten und legte die Bürste auf einer Bank ab, hob dann ein Eisenwerkzeug auf und bewegte sich dann auf Höhe der Schulter des Tieres, wo er sich hinunterbeugte und Rustys Vorderbein hochnahm, sodass sein Huf nach oben zeigte.

“Sehen Sie, Rusty arbeitet gut mit”, erklärte T.C. und lachte leise trocken, während er mit dem Metallwerkzeug den Schlamm von Rustys Huf entfernte. “Er wiegt gut zwei Tonnen. Wenn er seinen Fuß nicht hochheben will, kann ich nichts machen.”

Ich ging auf der anderen Seite des Pferdes in die Hocke, damit ich T.C.'s Gesicht bei der Arbeit sehen konnte. Sein langes Haar fiel ihm ins Gesicht, und Schweiß tropfte von seiner Stirn, aber er sah wirklich glücklich aus.

“Wie meinen Sie das, Sie sind nur mit Blake zur Schule gegangen?”

“Na ja, Blake war in meiner Klasse, aber Cody war schon in der Oberstufe, als wir gerade auf die Highschool kamen”, erwiderte T.C., stellte Rustys Vorderhuf ab und nahm den Hinterhuf hoch. “Ich habe hin und wieder Football mit ihm gespielt, aber das war's auch schon. Und dann hat er seinen Schulabschluss auch noch ein Jahr früher als normal gemacht, damit er früher aufs College konnte.”

Meine Augenbrauen schossen in die Höhe. “College?”

T.C. beendete die Arbeit am Hinterhuf und stellte sich hin. Er lachte, während er auf die andere Seite ging. “Sie klingen überrascht.”

“Nun … ich ... hätte nicht gedacht, dass er Akademiker ist, das ist alles.”

“Er ist ganz schön schlau. Er hatte sogar ein Stipendium für die Uni. Er wäre aber nicht hingegangen, wenn es sich seine Mom nicht so sehr gewünscht hätte. Er hat es für sie getan. Der Bursche hat ein gutes Herz."

Ich schürzte die Lippen und spielte mit einem Strohhalm, den ich aus dem Dreck aufgehoben hatte und murmelte: "Das glaube ich erst, wenn ich's sehe."

T.C. sah mich an. "Sie haben wirklich was gegen ihn, oder?"

"Nein, nicht gegen ihn. Nur ..." Ich suchte nach Worten, um ihm zu erklären, wie sehr mich dieser Mann frustrierte und wie nutzlos ich mich in seiner Gegenwart fühlte. Wie verwirrt. Nichts klang richtig in meinem Kopf. Ich seufzte. "Ich finde nur einfach, dass er sich das Leben schwerer macht als es ist. Ich wünschte, er wäre freundlicher, wissen Sie? Netter. Aufmerksamer." Ich lächelte T.C. an und tätschelte Rustys Schnauze. "So wie Sie, T.C.. So wie ich Sie kennengelernt habe, sind Sie viel höflicher als er."

T.C. zog den Kopf ein. "Ich nehme gern ein Kompliment von einer so hübschen Frau wie Ihnen an", sagte er mit einem verschämten Lächeln. "Aber Sie müssen wissen – die Menschen, die nahe genug an Cody herankommen, werden Ihnen versichern, dass er die netteste Seele der Welt ist.”

Ich blinzelte. “Ich dachte, Sie kennen ihn nicht gut.”

“Ich kenne ihn gut genug. Es gibt Dinge, die man über einen Menschen nicht herausfinden kann, außer man bringt ihm allen Respekt entgegen, den man in sich trägt.”

Auf einmal fühlte ich mich merkwürdig. T.C. war die dritte Person, die mir erzählte, dass Cody eigentlich ganz anders war als er wirkte, und er hätte allen Grund gehabt, ihn vor mir schlecht zu machen, wenn er mich wirklich so hübsch fand, wie er gerade behauptet hatte. Und dennoch war meine Erfahrung mit Cody ganz anders als seine. Ich wusste nicht, was ich glauben sollte.

Da mir nichts einfiel, was ich sagen konnte, wechselte ich das Thema, indem ich ihn fragte, wer Rusty ritt. Das stolze Lächeln auf T.C.'s Gesicht war genug Antwort.

“Dieser hübsche Kerl gehört zu mir”, sagte er und strich durch Rustys Mähne, als sei es das Haar eines geliebten Kindes. “Er ist auch genau wie ich. Er ist entspannt, macht alles, was man ihm sagt und *liebt* lange Spaziergänge am Strand.”

Ich lachte laut auf. “Ein richtiger Romantiker also! Und lassen Sie mich raten, er liest in seiner Freizeit Tennyson?”

“Nur bei Regen”, antwortete T.C. grinsend.

Ich schlug ihm scherzhaft mit meinem Notizbuch auf den Arm. “Alles klar, Intelligenzbestie”, sagte ich und deutete zum Rest der Ställe. “Erzählen Sie mir von den anderen Pferden – wie sind die so drauf?”

Begeistert davon, dass er von Pferden reden konnte, führte mich T.C. zur nächsten Box, in dem ein riesiges graues Pferd mit einer silbernen Mähne stand und uns ruhig anblickte. “Das ist Sargent. Er ist Sullys Pferd. Ein gutes Pferd für Kunststücke; er liebt es, zu springen. Wenn er eine schlechte Seite hätte, würde ich ihn nie im Leben reiten, aber die hat er zum Glück nicht. Auf ihn ist durch und durch Verlass. *Shooter* dagegen ist ein Meister im Flüchten und nervt uns oft.” T.C. deutete auf das etwas kleinere braun-weiß gescheckte Pferd im nächsten Stall – das gerade versuchte, Sargents Heusack durch die Stäbe, die sie trennten, zu stehlen. “Er ist blitzschnell - heute Abend können Sie ihn und Max in Aktion sehen.”

Wir bewegten uns weiter fort, und T.C. deutet auf ein zierliches braunes Pferd mit weißem Fell an den Hinterläufen. “Das ist Benjis Pferd. Ihr vollständiger Name bedeutet so viel wie “schneller kleiner Wind” auf Cherokee, aber ich kann ihn nie aussprechen. Wir nennen sie alle Coco. Neben Coco ist Isaacs kleine Stute Sundance, und neben ihr steht Blakes ganzer Stolz.”

Ich verstand nicht viel von Pferden, aber selbst ich erkannte, dass Blakes Pferd Kraft und Schönheit ausstrahlte. Das Tier war riesig mit glänzendem goldenen Fell und einer platinfarbenen Mähne und gleichfarbigem Schweif.

“Er ist wunderschön”, sagte ich, ohne meinen Blick vom Pferd abzuwenden.

“Fabelhaft”, stimmte T.C. mir zu. “Und das sollte er auch sein, wenn man bedenkt, wie viel er gekostet hat.”

Ich nickte. Das Pferd sah wirklich teuer aus.

“Wie heißt er?”, fragte ich.

“Ares. So wie der Gott des Krieges, glaube ich.”

Ich lachte. “Natürlich hat Blake ihn nach einem Gott benannt.”

Mit einem leichten Lächeln steckte T.C. seine Hand durch die Stäbe, damit Ares daran schnuppern konnte. Das Pferd hielt aber Abstand. “Er hat ihn vor zwei Jahren gekauft. Er wollte einen Vollbluthengst. Keinen Wallach, auf keinen Fall.”

Ich neigte en Kopf leicht. “Und Sie finden, das ist keine weise Entscheidung?”

“Nicht unbedingt. Ich meine, es wäre eine Schande, einen so hübschen Jungen wie diesen zu kastrieren – er muss seine guten Gene weitergeben. Aber Hengste als Reittiere sind etwas ... unberechenbar. Nervös. Oft schwer zu zügeln, besonders in der Gegenwart von hübschen Damen, wenn Sie wissen, was ich meine.” Nun schenkte mir T.C. ein Grinsen, das mich zum Lachen brachte.

“Hatte Blake denn schon mal Probleme, ihn

im Zaum zu halten?", fragte ich und stellte mir den Schaden vor, den ein Pferd dieser Größe anrichten konnte, wenn sich eine Gruppe Touristen zur falschen Zeit am falschen Ort aufhielt.

"Nein", sagte T.C. mit einem Anflug von Bitterkeit in der Stimme. "Blake hat Ares vollkommen unter Kontrolle."

Ich runzelte die Stirn. "Sie sagen das so, als wäre das etwas Schlechtes."

T.C. sah mich merkwürdig an, als würde er in meinem Gesicht etwas suchen, von dem er nicht sicher war, ob es wirklich da war. "Das kann es auch sein. Manchmal", war alles, was er schließlichh erwiderte.

Abrupt wandte er sich von Ares ab und führte mich den Gang des Stalls entlang. Dabei zeigte er auf ein paar ältere Pferde, die Angestellten gehörten. Dann erklärte er, dass der Großteil des Stalls mit gutmütigen, einfach zu beherrschendes Pferden für die Touristen belegt sei.

"Ich habe drei Jahre gebraucht, um sie alle zu finden und sicherzustellen, dass sie gut mit Kindern können", sagte er mit einem Anflug von Stolz. "Aber ich habe es geschafft. Es ist natürlich ein ewiger Kampf, immer wieder neue Tiere zu finden, wenn andere Pferde in Ruhestand gehen. Billy-Bob hier ..." Er deutete auf einen schläfrigen Braunen mit weißen Haaren am Kinn. "... bittet schon seit Ewigkeiten um eine Versetzung."

Ich lachte. "Es sieht so aus, als hätten Sie gute Arbeit geleistet. Ich bin gespannt, welches Pferd Sie für mich ausgesucht haben."

"Dieses hier", erklang eine andere Stimme aus dem Hintergrund, die mich zusammenzucken ließ. Ich sah Cody, der verschwitzt und in einem schmutzigen Hemd den Gang entlang kam. Er führte ein dunkelbraunes, fast schwarzes Pferd am Halfter neben sich. "Ich habe sie von der Weide geholt. Sie muss gebürstet werden, aber dann sollte sie bereit für einen Ausritt sein. Tarryn kann sie reiten, solange sie hier ist." T.C. sah überrascht aus, stellte aber keine Fragen.

"Box 24 ist frei, wenn du sie da reinstellen willst", sagte er und reichte T.C. mit einem Nicken das Führungsseil und sah ihm dabei zu, wie er das Pferd in die nahegelegene Box führte, wo er sie von Kopf bis Fuß untersuchte. Ich stand einfach nur da und fand, dass die Stille immer unangenehmer wurde. Cody sah mich ganz bewusst nicht an. Ich nahm an, dass er wütend darüber war, dass ich heute Morgen einfach weggefahren war.

"Wie heißt sie?", fragte ich, um das Schweigen zu brechen.

Es entstand eine lange Pause.

"Kiera", sagte Cody schließlich.

"Warum war sie denn hinten auf der Weide?"

"Weil dort alle meine Pferde stehen."

Wieder Schweigen. Ich räusperte mich.

"Also ... wie ist Kiera denn als Pferd? Ich meine, wie ist ihr Charakter?"

Seine Kiefermuskeln verhärteten sich, und er richtete seine blauen, durchdringenden Augen auf mich. Ich hielt den Atem an, denn ich war völlig hypnotisiert, obwohl er wütend auf mich zu sein schien.

"Versuchen Sie einfach nichts Dummes mit

dem Pferd zu machen, okay?"

"Und warum sollte ich etwas Dummes tun?"

"Bisher war das meiste von dem, was Sie getan haben, dumm."

Ich blickte ihn finster an. "Wenn das der Fall ist, warum geben Sie mir dann überhaupt ein besonderes Pferd? Warum binden Sie mich nicht an einem Stuhl fest und setzen mich die nächsten drei Wochen in eine Ecke?"

"Glauben Sie mir, wenn das eine Option wäre, würde ich es machen." Abrupt wandte er sich T.C. zu, der nun wieder aus der Box kam. "Ich bin in den nächsten zwei Tagen nicht immer hier - vielleicht übernachte ich heute im Way Back. Kümmer dich um sie, okay?", sagte er, bevor er durch die Tür verschwand.

Ich sah T.C. an und fragte mich, ob Cody damit meinte, dass er sich um mich oder das Pferd kümmern sollte. Obwohl ich entsetzlich wütend auf ihn war, wünschte ich mir innerlich, dass er mich gemeint hatte.

KAPITEL 5

Ich bin mir nicht ganz sicher, was ich von der ersten Gruppe Touristen genau erwartet hatte. Normalerweise versuche ich mir vor Berichten und Interviews immer genau auszumalen, was meine Story sein könnte. Und oft wurde ich überrascht. Aber als ich die drei Vans vor der Sterling Ranch anhalten sah, wurde mir klar, dass ich mir in meinen wildesten Träumen nicht hätte ausmalen können, welche Menschen aus ihnen steigen würden – Menschen, die ich befragen und beobachten musste, mit denen ich mich unterhalten musste. Im Moment konnte ich aber einfach nur dastehen und die Szene beobachten.

Und es war tatsächlich eine Szene. Die Türen des ersten Vans öffneten sich schon kurz bevor der Wagen hielt, und vier schlaksige Jungen im Teenager-Alter mit Pickeln im Gesicht kletterten heraus. Offenbar waren sie nicht mit ihren Eltern angereist, was mit Sicherheit spannend werden würde. Aus dem zweiten Van stiegen drei Paare von Mitte dreißig. Alle sahen aus, als ob sie direkt von ihrem Bankjob in irgendeinem Vorort gekommen wären. Offensichtlich kannten sie sich gut, denn sie vermischten sich so eng, dass es schwer war, zu erkennen, wer mit wem verheiratet war. Das Wort "Swinger" schoss mir durch den Kopf, aber ich verwarf den Gedanken sofort wieder. Ich hatte einige Swinger kennengelernt, und diese Leute sahen ganz und gar nicht danach aus.

Die Leute, die im dritten Van saßen, stiegen ganz langsam und gemächlich aus, so als seien sie sich nicht sicher, ob sie überhaupt am richtigen Ort waren. Es war eine dreiköpfige Familie. Die Eltern waren schon etwas älter – über fünfzig, vermutete ich. Die schlaksige blonde, kaugummikauende Tochter musste um die dreizehn sein. Alle hatten teure Haarschnitte, trugen weiße und pastellfarbene Kleidung und zeigten leicht angewiderte Gesichter, als hätten sie einen unangenehmen Geruch bemerkt. Da der Wind aus der Richtung des Stalls kam, konnte das sogar tatsächlich der Fall sein.

Einen Moment lang gab es eine Art

Massenverwirrung. Die Vorstädter liefen im Kreis und unterbrachen sich lauthals gegenseitig, während sie diskutierten, wo sie ihr Gepäck hinbringen sollten. Die reiche Familie stellte sich nahe an den schützenden Van, und die vier Teenager hatten ihre Taschen bereits abgestellt, um sich den genauer umzusehen. Von meiner Tribüne aus wartete ich darauf, dass heilloses Chaos ausbrechen würde.

"Guten Abend zusammen, und willkommen auf der Sterling Ranch!"

Es war Blake, der majestätisch auf Ares in den Hof geritten kam. Er trug einen schwarzen Cowboyhut, eine schwarze Jeans und hatte sein rotes Hemd so weit aufgeknöpft, dass er zwar sexy, aber nicht zu übertrieben gestylt wirkte. Ares wirkte draußen noch beeindruckender als im Stall. Er trug einen schönen Sattel und Geschirr mit glänzenden Metalldetails und feinen Lederverzierungen. Seine Ohren bewegten sich kontinuierlich vor und zurück; seine Nüstern blähten sich auf; seine Muskeln spannten sich unter dem glänzenden goldenen Fell an. Die beiden sahen aus wie lebende Legenden. Die

Touristen stellten ihre Gespräche ein.

“Es war eine lange Reise für Sie, und bestimmt haben Sie Hunger. Also willkommen auf der Ranch. Wir haben warme Sandwiches mit Pulled Pork für Sie bereitgestellt.”

Blake deutete auf das Buffet hinter sich, das Lu, Isaac und die Frauen in der Nähe des Geheges aufgebaut hatten.

“Wir haben Eistee, Limonade, Bohnen mit Speck und vegetarische Gerichte für diejenigen, die darum gebeten haben. Dort drüben können Sie sich die Hände waschen. Also machen Sie sich frisch, greifen Sie zu und nehmen Sie auf der Tribüne Platz. In der Zwischenzeit bringen Little John und Roger Ihr Gepäck in die Zimmer, und die anderen Jungs unterhalten Sie ein wenig, indem sie Ihnen einen kleinen Einblick geben, was Sie in den nächsten Tagen hier erwartet. Schnallen Sie sich an, Cowboys und Cowgirls – es wird ein wilder Ritt.”

Nun zwinkerte Blake den Touristen zu, drehte Ares auf dem Absatz um und ritt zum Stall zurück. Ich verdrehte die Augen angesichts des dramatischen

Abgangs, aber ich musste zugeben, dass er das Publikum begeistert hatte. Nur die reiche Familie sah noch immer etwas angewidert aus. Einer der Teenager, ein sommersprossiger Junge mit roten Locken, stand wie versteinert und mit offenem Mund da. Seine Freunde hatten sich bereits auf den Weg zum Buffet gemacht. Die Vorstädter lächelten alle zufrieden darüber, dass sie ihr Gepäck jemand anderem überlassen durften. Sie folgten langsam den Teenagern zum Buffet und ließen die misstrauischen Reichen allein zurück. All das beobachtete ich lächelnd aus der sicheren Entfernung meiner Veranda und machte mir eifrig Notizen.

"Ich habe Ihnen etwas mitgebracht", erklang da eine unbekannte Stimme von unten. Ich blickte über das Geländer und sah Codys Bruder Isaac mit dem langen, vollen Haar, der mich mit einer liebenswerten Mischung aus Wohlwollen und Schüchternheit ansah. Er hielt einen Teller mit Pulled Pork und Beilagen in der Hand.

"Ich habe mir gedacht, Sie mögen das Essen vielleicht lieber, bevor die Touristen es angefasst haben. Und das soll keine Beleidigung sein.”

“So habe ich es auch nicht verstanden”, sagte ich grinsend und nahm den Teller entgegen. “Reitest du auch in der Show?”

Er schüttelte den Kopf und sah betrübt aus. “Heute nicht. Vielleicht nächste Woche. Das sagen sie mir zumindest immer wieder.”

Er klang nicht sonderlich hoffnungsvoll. Ich erinnerte mich daran, dass Lu mir erklärt hatte, dass Isaac immer nur dann mithalf, wenn er nicht gerade etwas für die Schule tun musste. Er schien sich so sehr zu wünschen, ein Teil des Ganzen zu sein, und am liebsten hätte ich ihm gesagt, dass er schneller erwachsen werden würde, als es ihm lieb sei. Aber stattdessen klopfte ich mit der Handfläche auf den Platz neben mir.

“Willst du mir Gesellschaft leisten?”, fragte ich ihn. “Ich könnte einen Kommentator gebrauchen, der weiß, was sich da abspielt.”

Das schien ihn aufzuheitern. Mit strahlenden Augen kam er zu mir herauf und setzte sich mit einem breiten Grinsen neben mich.

“Wie alt bist du denn, Isaac – fünfzehn? Sechzehn?”

“Sechzehn im November”, erwiderte er und lehnte sich im Stuhl zurück. “Cody hat gesagt, dass ich dann Dads Truck bekomme.”

“Ah. Der Schlüssel zur Freiheit.” Ich nickte anerkennend.

Isaac lachte, und dabei klang er genau wie Cody, als er kurz freundlich zu mir war. “Nicht in einer Familie wie meiner. Alle haben unterschiedliche Ansichten darüber, wie mein Leben verlaufen sollte. Also gibt es an jedem Geschenk auch einen Haken.” Er seufzte.

“Was ist denn der Haken am Truck?”

“Ich muss mehr Zeit auf der Ranch verbringen.”

Verwirrt verengte ich meine Augen. “Ich dachte, das ist genau das, was du willst?”

“Irgendwie schon. Ich meine, ich mag Pferde – sie reiten und trainieren. Und ich mag die Show heute Abend. Mir gefällt das Rodeo-Leben. Aber ich interessiere mich nicht für die Züchtung, wie Cody es tut. Ich liebe das Land nicht so wie er. Und ich kann auch nicht so gut mit Menschen umgehen wie Blake. Ich wünschte, es gäbe einen Weg, beides zu vereinen."

"Aber warum kannst du das denn nicht?", fragte ich, aber in dem Moment begann die Show.

Ohne Ankündigung kamen Max und Aaron in die Arena geritten. Zwischen ihnen trieben sie ein weiß-braunes Kalb ins Gehege.

"Das ist einer von Codys Hereford-Ochsen", erklärte mir Isaac. "Sie zeigen den Leuten jetzt, wie man ihn einfängt."

Die beiden Männer trieben den Ochsen ins Fanggehege, warteten, bis das Schloss eingerastet war und schrien dann laut, um den Ochsen zu verschrecken, der nun durch das Gehege davonlief. Max ritt direkt hinter ihm her, schwang ein Lasso, das er nun um den Hals des Tieres warf. Aaron folgte ihm und warf ein weiteres Lasso, das sich wie durch Zauberhand um die Hinterläufe des Ochsen legte, der nun anhalten musste. Die beiden Männer winkten triumphierend dem Publikum zu. Ich war beeindruckt von der schnellen Show und klatschte ebenso begeistert wie die anderen Touristen.

“Das nennt sich Team-Lasso”, sagte Isaac. “Ich glaube, Blake macht es in der nächsten Runde alleine.”

“Alleine?”

“Ja. Er wirft das Lasso um den Ochsen und bringt ihn zu Boden.”

Ich runzelte die Stirn. “Hört sich gefährlich an. Wie viel wiegt denn so ein Tier?”

Isaac sah mich an und lächelte. Jede feine Linie in seinem Gesicht wirkte liebenswürdig – er sah genauso aus wie Cody, sodass ich immer wieder in Isaac nach ihm suchte. “Keine Sorge”, sagte er sanft. “Blake hat das schon Millionen mal gemacht.”

Ein weiterer schwarzer Ochse mit kleinen Hörnern wurde in die Arena gelassen. Vieh rannte ihm hinterher, damit er schneller lief. Blake ritt nun ebenfalls auf einem weißen Pferd, das ich nicht erkannte, in die Arena und schwang sein Lasso genau wie zuvor Max und Aaron. Aber als sich das Seil um den Hals des Tieres legte, blieb Blake nicht im Sattel sitzen. Er wickelte das andere Ende des Seils um den Griff seines Sattels und ließ sein Pferd abrupt anhalten, wodurch der Ochse hart zu Boden gerissen wurde. Bevor ich verarbeiten konnte, was gerade geschehen war, war Blake ebenfalls auf dem Boden und band die Beine des Ochsen zusammen. Dann sprang er auf die Füße, schwang beide Arme in die Luft und setzte sich auf den Ochsen.

Wieder klatschten alle begeistert. Dabei bemerkte ich, dass ich die ganze Zeit den Atem angehalten hatte.

“Keine schlechte Zeit”, nickte Isaac. “Ungefähr dreizehn Sekunden.”

“Und was bedeutet das?”

“Blake macht das normalerweise beim Tulley County Rodeo. Das findet nächstes Wochenende statt. Die Touristen kommen auch mit.”

“Toll. Ich war noch nie auf einem Rodeo-Event.”

“Noch nie?” Isaac sah mich gespielt schockiert an. “Was machen Sie denn in der Großstadt in Ihrer Freizeit? Lassen Sie sich die Nägel machen, oder was?"

Ich lachte und schlug ihm scherzhaft auf die Schulter.

"Klappe, du kleiner Satansbraten."

Wir wandten uns wieder der Arena zu und sahen mehrere Showeinlagen. Benjamin ritt sein kleines, schnelles Pferd um drei Fässer herum, die die Männer ins Gehege rollten. T.C. ritt auf Rusty durch die Arena, vollführte Drehungen und Achten, die laut Isaac viel schwerer waren als sie aussahen. Ich versuchte, aufzuschreiben, was ich sah, aber immer wieder war ich viel zu gefesselt von der neuen Welt, die sich vor meinen Augen eröffnete. Erschrocken stellte ich fest, dass es hier draußen, mitten in der Prärie, im Herzen des Wilden Westens, gar nicht so schlecht war, wie ich gedacht hatte.

"Oh, der nächste Teil wird super", verkündete Isaac begeistert und blickte konzentriert zur Arena, in die Max nun zu Fuß trat. Er führte ein Pferd, auf dem offenbar eine Frau mit breitem Brustkorb, traditionellem Kleid und Haube saß. Ich bemerkte im nächsten Moment jedoch, dass es Aaron war, der sich verkleidet hatte und lehnte mich gespannt nach vorne.

“Das ist Miss Edith Horndugger!”, rief Max der Menge zu. “Sie zeigt Ihnen, dass schicke Damen auch Pferde reiten können.” Aaron hielt sich einen Fächer vor das Gesicht und fächelte sich damit Luft zu, während er kicherte und übertrieben mit den Wimpern klimperte. Max führte ihn weiter langsam im Kreis herum.

Ich sah Isaac mit hochgezogener Augenbraue an. “Das nennst du gut?”, fragte ich ihn.

“Warten Sie nur.”

Als “Miss Edith” und ihr Führer wieder nahe genug an der Fanggehegetür waren, sprang Benjamin auf das Geländer und winkte uns zu. “Hallo zusammen!”, rief er, als wären wir alle seine Komplizen. “Passen Sie gut auf!”

Als Max und Aaron dann an ihm vorbeikamen, beugte er sich vor, streckte einen Arm aus und schlug damit auf Aarons Pferd.

Sofort stieß das graue Tier ein lautes Wiehern aus und stellte sich auf die Hinterbeine. Die Zuschauer zogen die Luft ein und starrten das Pferd an, das einige Sekunden lang auf zwei Beinen stehenblieb. Dann ließ es die Vorderbeine wieder sinken und lief in einem wilden Gallop durch die Arena. Max hinterließ er in einer Staubwolke.

“Oh neeeeeiiiin!”, schrie Aaron mit einer lächerlich hohen Stimme, während er in seinem Sattel herumgeworfen wurde und die Hände durch die Luft wedelte. “Zur Hiiiiiilfeeee!”

Einer der Vorstadtmänner, ein recht stämmiger Mann mit spitzem Haaransatz und dicken Brillengläsern sprang auf, um in die Arena zu rennen, aber bevor er sich auch nur nähern konnte, brach der rothaarige Teenager in lautes Gelächter aus.

“Er ist Showreiter!”, rief er. “Alles ist Show!”

Sichtbar erleichtert lachte nun auch der stämmige Mann und setzte sich wieder hin.

“Ich rette Sie, Miss Edith!”, rief Max, als jemand sein Pferd durch das Tor führte. Er umfasste den Sattelgriff und ritt Aaron hinterher.

Bestimmt zehn Minuten lang fand ein Schauspiel statt, in dem die beiden Männer kreuz und quer durch die Arena ritten. Nun sprang Max auf

Aarons Pferd hinüber und versuchte, die Zügel zu ergreifen, während Aaron weiterhin hin- und hergeworfen wurde. Ich zwang mich, die Augen von der Show abzuwenden und das Publikum zu beobachten, das nun laut lachte. Sogar die reiche Familie schien das Schauspiel amüsant zu finden. Offenbar brauchte man nur eine kleine komödiantische Einlage, um ein misstrauisches Publikum aus der Reserve zu locken.

Als der Sketch beendet war, kam Blake zu Fuß in die Arena, bedankte sich bei den Zuschauern und kündigte die erste Reitstunde am nächsten Tag nach dem Frühstück an.

“Hoffentlich”, sagte er zwinkernd, “ergeht es niemandem so wie Miss Edith. Nun dürfen Sie alle der schönen Frau in Grün, meiner Tante Miss LuAnn, folgen. Sie zeigt Ihnen die Zimmer.”

Die Touristen folgten LuAnn geschlossen zur Lodge. Ich blieb sitzen und verdrehte die Augen, als Blake auf mich zukam.

“Was?”, protestierte er und legte die Arme über das Geländer der Tribüne.

“Meine Toleranzgrenze ist ziemlich niedrig, wenn es um Schmalz geht”, antwortete ich. “Ihre Ansprache war ein bisschen zu viel für mich.”

Blake lachte. “Aber Sie haben doch die Leute gesehen, mit denen ich arbeiten muss, oder? Die brauchen so eine Show. Die wissen gar nicht, wie ein richtiger Cowboy redet. Die meisten von denen wissen wahrscheinlich nicht mal, dass die Milch, die sie im Supermarkt kaufen, von Kühen stammt.”

“Die Show war gut”, sagte ich und ignorierte seine letzte Bemerkung. “Aber wenn Sie den Respekt von Leute wollen, empfehle ich Ihnen ein bisschen mehr Authentizität.”

“Vielen Dank für den Vorschlag, Miss Smith. Aber in ein paar Tagen werden auch Sie feststellen, dass diese Menschen die Wahrheit nicht hören wollen. Die wollen John Wayne.”

“Na ja, wenn ich gewusst hätte, dass der hier auftaucht, hätte ich bessere Klamotten mitgebracht.”

Blake lachte. “Steht morgen früh noch?”, fragte er, nahm seinen Hut ab und fuhr sich mit einer Hand durch das verschwitzte Haar. Die Bewegung sah unglaublich sexy aus und war mit Sicherheit berechnend.

“Ich freu mich drauf”, sagte ich cool.

“Gut – dann stelle ich schon mal den Eimer mit dem Eiswasser bereit.” Er grinste frech, als er davonging. “Träumen Sie schön, Prinzessin.”

KAPITEL 6

Ich sah auf die Uhr. 3:52. Ich war einfach zu alt, um so früh auf den Beinen zu sein und mit einem Eimer Eiswasser auf dem Dach meiner Hütte zu stehen, nur für den Fall, dass Blake seine Drohung wahrmachen würde. Aber mein Gefühl sagte mir, dass er genau zur angekündigten Zeit hier sein und genau das tun würde, was er mir angedroht hatte.

Und dennoch fragte ich mich, was eigentlich in mich gefahren war, dass ich nun so eine idiotische Aktion plante. Das war noch peinlicher als das Verhalten von vierzehnjährigen Pfadfindern. Alle, die ich kannte, würden mich auslachen, wenn sie wüssten, wie tief ich gesunken war. Und trotzdem freute ich mich.

4:02 Uhr. Ich war mir nicht mehr sicher, ob Blake wirklich immer pünktlich war, entschied aber, noch ein bisschen zu warten.

4:11 Uhr. Ernüchtert und sicher, dass wir uns

doch wie vereinbart um halb sieben treffen würden, ging ich wieder dorthin zurück, wo ich die Leiter aufgestellt hatte.

Plötzlich sah ich aber, dass sich etwas im Dunkeln bewegte. Mein Herz setzte einen Schlag aus, und ich verengte die Augen - Blake schlich sich zur Hütte. Ich machte mich bereit, als ich sah, dass Blake nur eine kleine Tasse Wasser trug. Er dachte wohl, er könnte mich austricksen, aber ich war vorbereitet.

Als Blake unter dem Flutlicht zu sehen war, erkannte ich, dass er sich schick gekleidet hatte – er trug eine dunkle Jeans und ein weißes Button-Down-Hemd. Fast hätte ich es mir anders überlegt, da ich Angst hatte, er könnte wütend werden und mir seine Tour über die Ranch verwehren. Auf den anderen Besitzer der Ranch war schließlich kein Verlass. Vielleicht sollte ich es mir mit Blake also nicht verscherzen. Aber als ich ihm gerade zurufen wollte und den Eimer sinken ließ, hörte ich ein hohes, kleines, arrogantes Geräusch. Pfeifen. Blake *pfiff.* Mein innerer Krieger erwachte zum Leben. Genau in dem Moment, als Blake fast unter dem Dach der

Veranda verschwand, pfiff auch ich, um seine Aufmerksamkeit zu erregen.

“Hey, Cowboy”, rief ich, als er mich überrascht ansah. Dann kippte ich meinen Eimer mit eiskaltem Wasser über ihm aus.

Ich hatte mich etwas verschätzt. Das Wasser fiel ein bisschen weiter von der Veranda zu Boden, als ich erwartet hatte. Aber zum Glück war Blake reflexartig zurückgesprungen und so direkt in der Schusslinie gelandet. Mit einem Mal verwandelte er sich von einem arroganten, gegelten parfümierten Showmann in einen begossenen Pudel. Er schaute so erschrocken drein, dass ich vor Lachen umgefallen wäre, wenn ich nicht so hoch oben auf einem Dach gestanden hätte. So kicherte ich nur, als er sich zu mir umdrehte.

“Ich glaube das einfach nicht”, stieß er hervor und warf seine Wassertasse auf den Boden. “Ich ... ich glaube das einfach nicht. Dafür werden Sie bitter büßen, Prinzessin. Merken Sie sich das!”

“Das würde ich mir an Ihrer Stelle überlegen”, antwortete ich und hob stolz das Kinn. “Ich würde mich nicht zu weit aus dem Fenster lehnen."

Blake strich sich die Haare aus dem Gesicht und grinste mich an. "Dann müssen Sie eben ohne Hemd mit mir vorlieb nehmen."

Ich verdrehte die Augen, als er begann, sein Hemd aufzuknöpfen und einen beeindruckenden Sixpack entblößte, der sogar in der Dunkelheit deutlich zu erkennen war. Ich täuschte Desinteresse vor, was allerdings nicht einfach war. "Das ist lächerlich", sagte ich. "Sie haben noch locker Zeit, zum Umziehen."

"Ich bin wie Instant-Mac'n'Chesse – wenn Sie Wasser drübergießen, bekommen Sie direkt was Heißes geboten.

Ich schnaubte verächtlich. "Ich steige jetzt von diesem Dach herunter. Und dann ziehen Sie ein Hemd an."

Als ich jedoch unten ankam, machte er noch immer keine Anstalten, seine nackte Haut wieder zu verhüllen.

“Ich kann nicht glauben, dass Sie kein Hemd anziehen wollen", sagte ich als wir wenig später auf einem Quad saßen, den Blake durch die große Viehweide lenkte.

Der Wind traf meine Worte und trug sie davon, aber ich sah, dass Blake grinste, als er sich umdrehte.

“Ich kann nicht glauben, dass Sie sich so bemühen, mich nicht anzufassen!”, rief er zurück.

Die Unterhaltung war bizarr. In meiner Welt waren Hemden obligatorisch und Anfassen war verboten, zumindest in der Öffentlichkeit. Und dennoch saßen wir diskutierend auf einem Quad. Ich krallte mich an den Griffen über den Hinterreifen fest. Als Blake mir angeboten hatte, mitzufahren, um mir die Ranch zu zeigen, hatte ich natürlich eingewilligt, schließlich war ich Journalistin. Aber wenn ich mich von hinten an ihn geklammert hätte, wäre das zu sehr eine Genugtuung für ihn gewesen. Daher saß ich nun in der unbequemsten Position aller Positionen hinter ihm.

Nach einer gefühlten Ewigkeit hielten wir auf

einem Hügel an und wendeten das Fahrzeug. Obwohl ich mich bemühte, nicht allzu beeindruckt zu klingen, zog ich die Luft ein.

“Wow”, sagte ich, als ich die Sonne hinter den Hügel aufgehen sah. “Man kann ja meilenweit sehen!”

Blake lachte. “Fast bis nach Kanada”, scherzte er. “Kommen Sie, ich habe Proviant mitgebracht.”

Er stieg vom Wagen ab, lief nach vorn und holte eine dünne Decke aus der Box, die am Fahrzeug befestigt war. Als er die Decke auf den Boden legte, verdrehte ich wieder die Augen.

“Ich dachte, ich sollte mir die Ranch anschauen und nicht picknicken.”

“Sie sind eine der ungeduldigsten Frauen, die ich kenne."

“Es gibt viel zu tun und viel zu sehen. Ich will keine der heutigen Aktivitäten verpassen.”

Seufzend setzte sich Blake auf die Decke und klopfte mit der flachen Hand neben sich. “Als ich noch klein war, bin ich immer hierher gekommen, um nachzudenken."

Seufzend setzte ich mich auf die angenehm kratzige, wahrscheinlich selbstgemachte Decke.

"Dann waren Sie also oft hier, als Sie noch jünger waren?"

"Nur hier habe ich mich zu Hause gefühlt. Mein Vater war Alkoholiker. Meine Mutter hatte nicht viel zu sagen und hat auch nie gelächelt. Manchmal war ich monatelang hier, ohne dass sich jemand von zu Hause erkundigt hat, ob es mir gut geht. Crêpe?"

Ich lachte laut auf, schlug mir aber schnell eine Hand vor den Mund. "Entschuldigen Sie", sagte ich erschrocken. "Ich habe nicht über Ihre Kindheit gelacht. Ich habe ... mich nur gefragt, wo Sie hier Crêpes aufgetrieben haben. Das hat mich zum Lachen gebracht. Mist. Es tut mir wirklich leid."

Blake lächelte, und wieder wurde mir warm ums Herz. Der Typ sah einfach umwerfend aus. Er war wie ein junger Antonio Banderas ohne spanischen Akzent - total sexy, und er versprühte so viel Charme, als ob er platzen würde, wenn er es nicht herausließ. Auf einmal wünschte ich mir, ich hätte mich doch an ihm festgehalten, mich an seinen muskulösen Rücken geschmiegt und meine Arme um ihn geschlungen. Dann fühlte ich mich mit einem Mal schuldig, als ich mich wieder einmal beim Gedanken an Jason ertappte. Aber Jason wäre nie so charmant zu mir gewesen. Er hätte meine Hände genommen, hätte mir erklärt, dass er wichtig war und dass er schon Pläne für die nächsten zwanzig Jahre geschmiedet hatte; und dass ich ihm alle Chancen auf eine Beförderung verbauen würde. Und ich hätte ihm geglaubt.

"Schon okay", versicherte mir Blake und unterbrach damit meine Gedanken. "Ich habe mich schon vor langer Zeit mit meinen Dämonen auseinandergesetzt. Und die Crêpes sind von LuAnn. Sie sieht zwar aus wie eine Frau vom Land, aber sie hat eine Ausbildung zur Köchin gemacht. Sie ist in der Stadt geboren und aufgewachsen."

"Wirklich? Sie machen Witze."

"Ich mache nur freitags und an Tagen, die kein Freitag sind, Witze." Blake grinste über seinen eigenen Scherz. "Aber ganz im Ernst, LuAnn ist eine kluge Frau. Und das Leben hier auf dem Land hat sie noch nicht verdorben."

Ich nahm stirnrunzelnd den Crêpe, den Blake mir zusammen mit einer Gabel hinhielt. "Ich dachte, Ihnen gefällt es hier draußen."

"Das tut es auch. Man nennt sowas innerer Widerspruch", gestand ich.

"Und wie löst man den auf?", fragte er, doch ich stieg nicht darauf ein.

"Hmm", brummte ich und bemerkte, dass er sich verschloss. "Darüber können wir ja auch später noch sprechen. Mich würde interessieren, wie Sie auf die Idee gekommen sind, die Ranch für die Öffentlichkeit zugänglich zu machen. Das war doch Ihre Idee, oder?"

Wie von Zauberhand taute Blake wieder auf, biss ein großes Stück von seinem Crêpe ab und begann zu reden.

"Ja. Davon habe ich geträumt, seit ich fünfzehn bin, aber ich habe nie geglaubt, dass es wirklich wahr werden könnte. Ich dachte immer, dass alles an Cody vererbt wird, wenn sein Vater stirbt.

Aber offenbar hat mich Onkel Jimmy genauso geliebt wie seinen eigenen Sohn, denn er hat mir auch einen Teil vermacht."

"Genau genommen ein Drittel, nicht wahr?", sagte ich, da mir Lus Worte wieder einfielen.

"Richtig, ja. Aber es ist eher ein finanzielles als ein physisches Drittel. Ich habe das meiste von meinem Land verkauft, um es mir leisten zu können, die Ranch in ein zukunftsträchtiges Unternehmen zu verwandeln."

Ein Teil von mir wurde traurig. Er hatte sein Land verkauft? Ich bemühte mich, neutral zu schauen und nahm einen Bissen von meinem Frühstück, das erstaunlich lecker war. "Ich nehme an, Cody war nicht gerade begeistert darüber, dass Sie das Land seines Vaters veräußert haben."

Genervt winkte Blake ab.

"Es war ja nicht mehr das Land seines Vaters. Außerdem habe ich ihm angeboten, dass er es kaufen kann, aber er hatte nicht genug Geld. Was ..." Er schob sich das letzte Stück Crêpe in den Mund. "... nur beweist, dass eine altmodische Ranch nicht mehr genug abwirft."

"Ich bin verwirrt", sagte ich, jetzt noch beunruhigter. "Ohne die altmodische Ranch hätten Sie doch gar nichts, was Sie Ihren Touristen zeigen könnten, oder?"

"Nun ja, das stimmt, ich brauche sie bis zu einem gewissen Grad. Aber nicht so sehr wie Cody. Er hat mir lange in den Ohren gelegen, dass sein Vater alles aufgebaut habe, dass er gern Tiere züchten und teure Kühe anschaffen will. Aber das hat alles keinen Sinn. Die Welt braucht keine Codys mehr ..."

"...sie brauchen Blakes."

"Das hoffe ich zumindest", erwiderte Blake und grinste mich an. Ich lächelte gezwungen zurück, aber etwas in mir war ... zerbrochen. Etwas hatte sich verändert. Mich beschlich das dunkle Gefühl, dass etwas nicht stimmte - dass Blake etwas verheimlichte, vielleicht sogar mehr als nur eine Sache. Ich wusste sofort, dass ich sein Geheimnis lüften müsste. Eigentlich hatte ich noch mehr fragen wollen, aber es gelang mir nun nicht mehr. Stattdessen tat ich so, als würde ich einfach den Ausblick genießen, aß meinen

Crêpe, der mir nun nicht mehr schmeckte und fuhr, so weit wie möglich von Blake entfernt, auf dem Quad zur Ranch zurück.

KAPITEL 7

Ich kam wieder an der Lodge an, als die Touristen gerade zum Frühstück eintrafen. LuAnn führte sie geschickt zu den mit Bedacht ausgewählten Plätzen - die reiche Familie setzte sie zu den Frauen, die Teenager zu den Männern, und die Vorstädter bekamen einen eigenen Tisch. Ich beobachtete, wie sie genau die richtige Art und Menge an Essen zu jedem Tisch brachte (Crêpes für die Weißen Hosen, wie mir auffiel). Auch ihre Haltung und ihre Art passte sie jedes Mal leicht an die Gäste an. Als sie mich sah, lächelte sie und deutete auf eine dampfende Tasse Kaffee, die sie auf die Theke gestellt hatte. Ich fand, dass die Dame viel mit ihrem Neffen gemeinsam hatte. Beide wussten, wie man mit Menschen umging und wie man eine Show machte. Diese Gemeinsamkeit machte mich neugierig, und ich nahm mir vor, später genau zu beobachten, welche Beziehung die beiden zueinander hatten.

Nach dem Frühstück gingen alle in die Arena, wo die Angestellten für jeden Gast Pferde angebunden hatten. Ich sah Kiera am anderen Ende stehen und dachte sofort an Cody. Ich musste immer noch herausfinden, warum das Pferd so wichtig für ihn war und warum er es mir auslieh. Es schien hier mehr Geschichten zu geben, als ich je erwartet hatte.

Alle Touristen - sogar die reiche Familie - wirkten nervös und fröhlich, so als hätten sie seit Ewigkeiten auf diesen Moment gewartet. Ohne Pferd konnte man kein Cowboy sein, und ich nahm an, dass diese Aktivität schon seit Langem auf ihrer To-Do-Liste stand.

Und dennoch schwiegen alle, als T.C. ein Pferd mit sanften Augen und schwerfälligem Gang losband und um einen Freiwilligen bat.

"Kommen Sie schon", bat T.C.. "Es kommt sowieso jeder dran. Und irgendeiner muss ja schließlich den Anfang machen."

Nichts. Niemand rührte sich. Der schlaksige, schwarzhaarige Vorstädter mit den dichten Augenbrauen, der neben mir stand, schluckte hörbar.

"Alles klar, Leute. Wer ist heute mutig? Bobby, wie sieht's denn mit dir aus?"

Der rothaarige Teenager schüttelte hastig den Kopf.

"Trevor?"

Trevor war aber auch nicht daran interessiert, das Versuchskaninchen zu sein. T.C. hörte auf zu lächeln, und mir wurde klar, dass er noch nie eine Gruppe von Touristen erlebt hatte, die sich nicht einmal traute, in den Sattel zu steigen. Als sein Blick auf mich fiel, empfand ich seinen verzweifelten Gesichtsausdruck fast als unerträglich. Ich konnte nicht widerstehen.

"Ich fange an", hörte ich mich sagen.

Ich konnte förmlich spüren, wie sich die Gruppe und T.C. gleichermaßen entspannten.

"Das weiß ich sehr zu schätzen, Tarryn. Sehr zu schätzen. Wenn Sie dann bitte herüberkommen würden. Dann helfe ich Ihnen gern auf Oakleys Rücken."

Ich wusste, dass ich mich auf ihn zubewegte, denn meine Füße sanken in den weichen Boden der

Arena ein. Und dennoch konnte ich einfach nicht glauben, dass ich tatsächlich als Erstes auf das Pferd steigen würde. Ich, die als Kind nicht mal Karussell fahren wollte, weil ich Angst hatte, dass die Pferde zum Leben erwachen würden. Ich, die diese Tiere zwar wunderschön, aber auch ungeheuer Angst einflößend fand. Was versuchte ich hier eigentlich zu beweisen? Und vor allem wem?

Als ich neben T.C. stand, flüsterte er "Danke", bevor er sich wieder an die Gruppe wandte.

"Wir haben nur eine Woche zusammen, daher müssen wir heute viel schaffen. Wir beginnen mit Aufsteigen, Sitzen, wie man losreitet und anhält und wie man sein Pferd lenkt. Dann reiten wir gemeinsam ein wenig in der Arena im Kreis." Er sah nun wieder mich an. "Bereit?"

Ich nickte entschlossen und versuchte zu verbergen, dass ich zitterte. Von Nahem sah Oakley noch angsteinflößender als aus der Ferne aus. Obwohl er schon alt war und ein sanftes Gemüt hatte, fielen mir direkt die sehnigen Muskeln unter seinem gelben Fell auf. Ich hörte, wie laut das Stampfen seines Hufs auf dem Boden klang, als er versuchte, ein paar Fliegen zu verscheuchen. Meine innere Stimme schrie mir immer wieder zu, dass dieses Pferd mich töten könnte, wenn es nur wollte.

"Keine Sorge", murmelte T.C. sanft. "Ich bin direkt neben Ihnen. Stellen Sie einfach Ihren Fuß in den Steigbügel, halten Sie sich am Griff fest, federn Sie sich ab und steigen Sie auf."

Sanft legte er mir die Hand auf den Rücken. Die Berührung beruhigte mich. T.C. kam mir vor wie ein großer Bruder. Steigbügel, Griff, aufsteigen.

Und mit einem Mal saß ich auf dem riesigen Pferd, und alle applaudierten, was endlich meinen Herzschlag übertönte. T.C. zeigte mir, wie ich die Zügel zu halten hatte, die ich mit einer Hand annahm, während ich mich mit der anderen fest am Griff festhielt.

"Die Pferde, die Sie heute reiten, machen seit Jahren nichts anderes. Sie müssen also nur versuchen, ein gutes Team zu werden - man muss sich gegenseitig respektieren. Kommunizieren Sie mit dem Pferd. Wenn Sie es sanft mit dem Fuß drücken, nicht treten, weiß es, dass es laufen soll. Dabei machen Sie so ein Geräusch." T.C. machte ein schnalzendes, klickendes Geräusch, um es uns zu zeigen. "Wenn Sie anhalten wollen, ziehen Sie an den Zügeln und sagen 'woah'. Verstanden?"

Die Leute nickten, und T.C. blickte zu mir hinauf. "Wollen Sie es versuchen, Tarryn?", fragte er mit einem ermutigenden Lächeln.

Nachdem ich gedrückt und geschnalzt hatte, bewegte sich Oakley vorwärts. Seine Schritte führten dazu, dass sich mein Körper von links nach rechts wog, als sei ich ein Teil von ihm - eine Erweiterung seiner Existenz. Trotz des langsamen Gangs legten wir eine ganz schöne Strecke zurück, und mit einem Mal wich meine Angst großer Freude. Warum hatte ich das nicht schon viel früher ausprobiert? Was hatte ich mein ganzes Leben nur gemacht?

T.C. brachte mich dazu, auch noch vorzuführen, wie man nach links und rechts ritt, indem man sanft an den Zügeln zog und das Pferd mit dem äußeren Bein anstieß. Das Pferd bewegte sich langsam und zögerlich, als ob es lieber einfach nur dagestanden und Fliegen verjagt hätte - und dennoch war es spannend, dass es sich entsprechend meiner Anweisungen verhielt. Ich war richtig enttäuscht, als T.C. mich bat, anzuhalten und abzusteigen.

"Ich übe noch ein bisschen mit den Anfängern", erklärte er. "Aber warum gehen Sie nicht schon rüber und machen einen Testritt mit Kiera?"

Ich staunte. "Alleine?"

T.C. grinste. "Ja. Sie sind ein Naturtalent. Und selbst wenn nicht, würde Ihnen das Pferd nichts zuleide tun. Das liegt nicht in seiner Natur. Gehen Sie nur, das klappt schon. Außerdem tut es den Leuten gut, wenn sie Sie reiten sehen. Sie vertrauen Ihnen. Sie sind wie Sie, aber ein bisschen anders."

"Vielen Dank."

"Kein Problem."

Und dann war ich allein. Ich beobachtete T.C., wie er einer der Vorstadtfrauen - einer blonden mit türkisem Schmuck und einem nervösen Lachen - beim Aufsteigen half. Dann ging ich zum anderen Ende der Reihe, in der die Pferde nebeneinander standen und näherte mich vorsichtig Kiera. Ich achtete darauf, mich von ihren Hinterläufen fernzuhalten. Dann berührte ich sanft ihren Hals.

"Hallo, mein Mädchen", murmelte ich und strich ihr über das dunkle, seidige Fell. "Hast du Lust, ein bisschen zu laufen?"

Kiera gab keinen Laut von sich und sah mich mit ihren großen, dunklen Augen an.

"Das soll wohl Ja heißen, nehme ich an."

Mein Herz schlug wieder bis zum Hals, während ich darüber nachdachte, wie wenig Ahnung ich von Pferden hatte. Ich band Kiera los und schlang ihr das Band um den Hals, so wie ich es bei T.C. gesehen hatte. Dann stellte ich meinen Fuß in den Steigbügel.

"Okay. Steigbügel, Griff, aufsteigen ...Steigbügel, Griff, aufsteigen ... Mist. Ich kann das nicht. Doch, ich kann. Steigbügel, Griff ..."

Und wieder saß ich auf einem Pferd. Diesmal war es jedoch anders. Als ich es mir im Sattel bequem machte, bemerkte ich, dass Kiera aufmerksam war. Ihre Ohren bewegten sich zurück, um herauszufinden, was ich tat. Der kleinste Druck mit dem Fuß veranlasste sie dazu, loszulaufen und das kleinste Ziehen an den Zügeln ließ sie anhalten, sodass ich abrupt nach vorne fiel. Schließlich gewöhnte ich mich daran, dass Kiera immer direkt zu spüren schien, was ich von ihr wollte und konnte die anderen Touristen beim Reiten beobachten.

Und das Zuschauen lohnte sich wirklich. Der Ausdruck "kontrolliertes Chaos" kam mir in den Sinn. Gut kontrolliert zwar, aber dennoch ein Chaos. T.C. arbeitete mit den reichen Eltern in den weißen Hosen, die zwar aufgestiegen waren, ihre Pferde jedoch nicht dazu bewegen konnten, sich zu rühren. Es war, als würden die Pferde spüren, dass ihre Reiter kein Rückgrat hatten. Die Tochter trabte allerdings schon auf ihrem Pony und hüpfte nun so lächerlich auf und ab wie die Teilnehmerin eines Dressurturniers. Auch wenn ich ein Stadtkind war, wusste ich dennoch, dass dieser Stil auf einer Ranch nichts zu suchen hatte. Offenbar hatte da jemand zu viele olympische Reitwettbewerbe im Fernsehen geschaut.

Die Vorstädter kamen gut zurecht, auch wenn mir auffiel, dass der größte Mann, der vorhin neben mir gestanden hatte, das kleinste Pferd gewählt hatte, einen breiten, kleinen Schimmel mit einer langen Mähne. Die Beine des Mannes waren so lang, dass die Steigbügel nicht genug verlängert werden konnten. Seine Knie waren in einen Neunzig-Grad-Winkel angewinkelt, wodurch er aussah wie ein überdimensionaler Jockey. Das Paar sah aus, als sei es bereit für einen Zirkusauftritt.

Die Teenager kamen ebenfalls ganz gut mit den Pferden klar, drei von ihnen hüpften in ihrem Sattel hin und her, während T.C. sie genau beobachtete, hin und wieder neben ihnen herritt und ihre Zügel korrigierte. Der letzte der vier war auf einer Seite seines Pferdes aufgestiegen und auf der anderen Seite wieder heruntergefallen. Nun saß er auf der Tribüne und weigerte sich, weiter mitzumachen.

Ich war auf meiner Seite der Arena im Kreis umhergeritten und hatte nur zugeschaut, als ich bemerkte, dass Max, einer der Cowboys, näher auf mich zukam, um sich mit mir zu unterhalten. Lässig stützte er die Arme auf das Geländer. Mit seinem entspannten Lächeln und seiner gedrungenen Statur, erinnerte er mich an seinen Auftritt mit Sully am Abend zuvor. Ich unterdrückte ein Kichern und winkte ihm zu.

"Sie lässt sich gut reiten, was?", fragte er und deutete mit dem Kinn auf Kiera.

Ich nickte. "Sie macht kehrt, bevor ich sie überhaupt berühre", antwortete ich und konnte die Bewunderung in meiner Stimme nicht verbergen. "Es ist so, als ob sie meine Gedanken lesen könnte. Sie ... äh ... liest aber nicht meine Gedanken, oder?" Leise kicherte ich.

"Nee." Max grinste und spuckte über seine Schulter, eine barbarische Handlung, die mich eigenartigerweise nicht störte. Vielleicht hatte ich mich schon akklimatisiert. "Sie fühlt Ihre Bewegungen, und sie weiß, wenn Sie in eine andere Richtung reiten wollen. Sie können auch schneller reiten und anhalten, indem Sie sich im Sattel nach vorne oder nach hinten lehnen."

Ich lachte. "Ich glaube nicht, dass ich heute unbedingt schon schneller reiten muss. Dieses Tempo reicht mir gerade vollkommen."

"Das sagen alle. Aber bei Ihnen wird es nicht lange dauern - Sie sind zum Reiten wie geschaffen."

Ich bemühte mich, nicht die Augen zu verdrehen. "Das sagen Sie wahrscheinlich zu allen Touristen. Warum sind sich denn alle so sicher, dass ich ein Naturtalent bin?"

"Ganz einfach. Man sieht es daran, wie Sie im Sattel sitzen. Den Rest der Woche werden wir damit verbringen, den anderen Sachen beizubringen, die Sie jetzt schon ganz von selbst machen. Sie bewegen sich mit dem Pferd. Sie haben keine Angst vor den Tieren, sondern respektieren sie. Sie sehen zu. Sie hören zu. Sie können in den nächsten Tagen ruhig schneller reiten, und dann wollen Sie garantiert nichts anderes mehr tun."

Ich errötete voller Stolz. "Das bleibt abzuwarten", sagte ich dennoch bescheiden und beugte mich vor, um Kieras Hals zu tätscheln. "Warum ist dieses Pferd denn so einfach zu reiten?", fragte ich. "Ist sie intelligenter als die anderen?"

"Das, und außerdem hat Cody sie trainiert."

Auf einmal hatte Max meine ganze

Aufmerksamkeit.

"Das wusste ich nicht."

Max spuckte wieder. "Jep. Besser gesagt, hat er sie aufgezogen, seit sie ein paar Tage alt war. Er hat eine Stute mit einem guten Stammbaum gekauft, der so lang ist wie mein ... äh ... Sie wissen schon ..."

"Das will ich Ihnen mal glauben." Ich errötete und zwinkerte Max zu, was ihn zum Lachen brachte.

"Na ja, die Stute, die er gekauft hat - ich habe ihren Namen vergessen - sollte der Beginn seines Zuchtprogramms werden, aber sie hat Zwillinge geboren und ist dabei gestorben. Daraufhin hat er beide mit der Flasche aufgezogen, als wären sie sein eigen Fleisch und Blut. Kiera hat er zum Reiten trainiert. Kova ... nun, sie ist jetzt selbst kurz davor, zu fohlen."

"Sie sagen das, als wäre es etwas Schlechtes."

"Äh ... sie wirft zum ersten Mal, und sie ist klein. Perfekte Proportionen. Perfektes Naturell. Aber die Chancen, dass sie ein Showpferd wird, sind ... gering. Viele Leute im Ort sind der Meinung, dass Cody seinen Plan verwerfen sollte. Aber er weiß einfach nicht, wann man aufhören muss."

Wieder grübelte ich. Kiera war Codys kostbarster Besitz. Er hatte sie aufgezogen und trainiert. Und er hatte sie *mir* zum Reiten gegeben. Warum?

"Na ja", sagte ich und versuchte meine Gedanken zu verbannen. "Cody weiß vielleicht nicht, wann es Zeit ist aufzuhören, aber ich dagegen schon. Mein Hintern ist der Ansicht, es reicht für heute."

"Morgen wird's noch schlimmer", sagte Max, sprang aber über das Geländer und hielt Kieras Zaumzeug, während ich abstieg. "Ich kümmere mich um sie, wenn Sie zum Mittagessen ins Haus zurück wollen."

Ich lächelte dankbar. "Was steht denn heute Nachmittag an?"

"Lasso-Unterricht", antwortete er. "Heute Abend gibt es dann ein Lagerfeuer, aber ich gehe wahrscheinlich nicht hin. Ich gehe mit den Jungs in die Bar."

"Heute Abend?" Ich war schockiert. "Es ist Dienstag!"

"Da haben Sie recht, Ms. Tarryn. Und dienstags arbeitet dort eine ziemlich heiße Rothaarige."

"Ach! Sie meinen Lacey!"

"Sie kennen sie?"

Ich nickte. "Sie war die zweite Person, die ich hier im Ort kennengelernt habe."

Max machte eine dramatische Bewegung, so als würde er in Ohnmacht fallen. "Und sie ist die zweitwichtigste Person in meinem Leben."

"Und die wichtigste wäre ..."

"Na, Shooter natürlich", sagte er und zeigte auf seinen Pinto, der die Ohren aufstellte, als er seinen Namen hörte.

"Oh, da hätte ich von allein draufkommen sollen", lachte ich.

"Aber ganz im Ernst", fuhr Max fort. "Ich bin echt total verliebt in die Frau. Sie sollten mitkommen - Sie könnten mich nämlich verkuppeln. Oder wenn Sie das nicht wollen, können Sie einfach bei Sully und Sarah bleiben und mich dabei beobachten, wie ich mich zum Affen mache. Was meinen Sie?"

Ich weiß nicht, ob ich einfach glücklich darüber war, dass mir das Reiten so gut gelungen war oder ob es mich freute, dass die Cowboys mich in ihre Gruppe aufnehmen wollten, aber jedenfalls sagte ich Ja.

KAPITEL 8

Ich musste zugeben, dass mich der Gedanke daran, diese zwielichtige Bar erneut zu betreten, nervös machte. Ich war mehrmals kurz davor, mich umzuentscheiden - nach dem Fiasko (und ich meine wirklich *Fiasko*) der Lasso-Stunde mit den Touristen, nach dem Abendessen, beim Umziehen, als ich mich schminkte und sogar im Jeep auf dem Weg ins Dorf. Ich hatte darauf bestanden, selbst zu fahren, damit ich niemandem den Abend verderben musste, falls ich früher gehen wollte. Und obwohl es so viele Gelegenheiten gab, mich umzuentscheiden, fuhr ich nun im gleichen Moment wie die Cowboys vor der Bar vor.

"Verdammt, Tarryn", rief Max durch das Fenster. "Wegen Ihnen habe ich gerade 20 Dollar verloren! Ich hätte schwören können, dass Sie nicht kommen."

"Sie haben mich doch eingeladen!", rief ich

lachend zurück.

"Ich weiß! Und ich freue mich auch, dass Sie gekommen sind. Aber ich gebe heute keine Runde aus, weil Benji mein ganzes Geld bekommt ..."

"Du hättest wissen müssen, dass sie kommt", sagte Blake, der gerade vom Fahrersitz ausstieg und mir zuzwinkerte. "Sie kann einfach nicht genug von mir bekommen."

Ich habe noch nie eine Kombination aus enormer Anziehung - er sah wirklich gut aus in seiner schwarzen Jeans und dem grauen Hemd - und Brechreiz empfunden. Es war eine interessante Mischung. Ich beschloss, mich später damit auseinanderzusetzen. Nun folgte ich den Männern in die Bar.

Diesmal war ich so gut wie unsichtbar, als ich eintrat. Die Männer in der Bar pfiffen und grölten, als sie die Cowboys sahen, ließen Sarah und mich aber in Ruhe. Als die Gruppe sich an zwei Tischen in einer Ecke niederließ und brüllend eine Runde Bier bestellte, fühlte ich mich auf eine gewisse Art beschützt. Ich war ein Teil von etwas. Zumindest für heute Abend. Und daher wurde mir klar, dass keiner der Männer in der Bar so bedrohlich wirkte wie vor ein paar Tagen. Die meisten von ihnen wirkten sogar recht witzig. Ich sah, dass ein leicht übergewichtiger Mann mit Halbglatze seinem Sitznachbarn die Hälfte des Salztopfes ins Bierglas schüttete, als dieser gerade nicht hinschaute. Neben ihm diskutierte ein blonder Mann im Overall leidenschaftlich über Impfpraktiken bei Hereford-Rindern. Ein anderer Mann, der ein bisschen aussah wie ein junger Clint Eastwood, stand auf, um ein wenig zu tanzen, als gerade ein neues Lied begann. Seine Freunde jubelten, während seine Frau weniger begeistert wirkte. Ich sah außerdem Mr. Torbreck, den Anwalt, der mir geholfen hatte, Cody zu finden. Ich winkte ihm und lächelte zufrieden, als er mich erkannte und meinen Gruß erwiderte. Überall hörte man Lachen und angeregte Unterhaltungen, und mir wurde klar, dass diese Menschen nicht so bedeutungslos waren, wie ich bisher in meiner Unwissenheit angenommen hatte. Alle waren auf ihre eigene Art besonders.

Als Lacey mit einem Tablett mit Bier zum

Tisch kam, veränderte sich die Stimmung schlagartig. Alle beugten sich erwartungsvoll vor, wahrscheinlich, um zu sehen, was Max tun würde. Und er enttäuschte sie nicht.

"Ach, hi Lacey! Ich hab dich gar nicht gesehen!"

Ich grinste. Max wirkte normalerweise selbstbewusst, war nun aber mit einem Mal schüchtern geworden. Es war nur allzu offensichtlich, dass er schwer in sie verschossen war. Lacey, die ihre Haare in lockere Strandwellen aufgedreht hatte und schlicht geschminkt war, blieb cool.

"Bin ich so leicht zu übersehen, oder was?"

"Aber nein, Lace - du bist die letzte Person, die ich übersehen würde. Wenn ich die Chance hätte, würde ich dich sogar die ganze Zeit ansehen. Ähm ... aber nicht auf eine perverse Art, weißt du? Einfach auf ... eine nette Art. So, dass es angenehm für dich wärc."

Neben mir schlug sich Sully auf dic Stirn. Laceys Lippen bewegten sich, so als wollte sie lächeln, aber sie beherrschte sich und lehnte sich verführerisch zu Max nach unten.

"Und wie kommst du auf die Idee, dass ich es auch nur auf *irgendeine* Art genießen würde, wenn du mich ansiehst, Max?"

"Ich ... na ja, ich weiß nicht. Wenn du nicht willst, dass ich dich ansehe, dann lasse ich es eben."

"Das ist aber aufmerksam von dir. Kann ich noch was für den Rest von euch tun?"

Ich schüttelte, wie die Cowboys, den Kopf, und Lacey ging davon. Alle brachen in lautes Gelächter aus.

"Was war das denn, Max?"

"Gut gemacht, Alter. Sie steht bestimmt auf dich."

"...Ich ...ich ... ich ... schaue dich nicht an, wenn du das nicht willst, ganz gewiss nicht ... hahahaha!"

Max blickte betrübt auf sein Glas hinab. "Aber wo soll ich denn hinsehen, wenn ich sie nicht ansehen kann? Sie ist die einzige Person, auf die ich mich den ganzen Tag freue."

Statt die Augen zu verdrehen, rief ich mir ins

Gedächtnis, wie lächerlich ich mich verhalten hatte, wenn ich verliebt gewesen war. Daher legte ich Max meine Hand auf den Arm.

"Max, sie hat ja gar nicht gesagt, dass Sie sie nicht ansehen sollen, oder? Sie hat nur gemeint, dass das sehr aufmerksam von Ihnen wäre."

Max sah mich aus großen, kindlichen Augen an. Er wirkte hoffnungsvoll und schaute hinüber zur Theke, wo Lacey stand und ihn mit einem verschwörerischen Lächeln ansah. Max grinste über das ganze Gesicht und wandte sich wieder mir zu.

"Wissen Sie, was das bedeutet?", fragte er.

"Was?"

"Sie müssen mit ihr reden."

"Max, wir sind nicht mehr in der sechsten Klasse. *Sie* müssen mit ihr reden."

"Bitte, Tarryn? Sie geht sicher gleich zum Rauchen raus. Bitte überzeugen Sie sie einfach davon, dass sie mir eine Chance geben muss."

Ich seufzte.

"Ich denk drüber nach, okay? Aber Sie müssen sich letztendlich zusammenreißen und dem

Mädchen sagen, was Sie für sie empfinden."

"Das werde ich auch. Versprochen. Aber Sie müssen zuerst mit ihr reden, okay?"

Als Lacey von einem barsch wirkenden Mann, der der Besitzer der Bar und noch dazu äußerst liebenswert war, wie ich später herausfand, abgelöst wurde, folgte ich ihr durch die Küche, vorbei an einem Koch und durch die Tür auf die Straße.

Lacey lehnte sich an die Hauswand; im Laternenlicht wirkte ihr Haar kupferfarben. Als ich mich näherte, pustete sie den Rauch aus, lächelte und bot mir eine Zigarette an. Ich hasste es zu rauchen, aber ich wusste, dass es eine vertrautere Atmosphäre schaffte, wenn man gemeinsam rauchte. Daher machte ich hin und wieder Ausnahmen.

"Max hat dich zu mir geschickt", sagte Lacey, als sie mir Feuer gab.

Ich lachte. "Du scheinst dir ziemlich sicher zu sein."

"Er schickt jeden Abend jemanden zu mir. Die Sterling-Jungs machen aber nicht mehr mit, weil er sie schon so oft vorgeschickt hat. Ich sage sowieso allen das Gleiche."

Ich nahm einen tiefen Zug und atmete aus. "Und das wäre?"

"Auf gar keinen Fall."

Wir lächelten uns wissend an.

"Wo kommst du eigentlich her, Lacey?"

"Ursprünglich aus Wichita. Ich wohnte bei schlechten Pflegeeltern, ging zur Highschool, schmiss die Schule und bin per Anhalter nach Hollywood gefahren." Sie lachte. "Aber letztendlich habe ich erst hier das gefunden, wonach ich gesucht hatte."

"Offenbar kommen viele Menschen her, die ein Zuhause suchen ", sagte ich und dachte dabei an Blake.

"Das stimmt. Und was ist mit dir, Blondie?"

Ich wollte gerade antworten, als ich aus der Ferne einen lauten Krach hörte, der von der Vorderseite der Bar zu kommen schien.

"Hast du das gehört?", fragte ich Lacey.

"Ja", sagte sie. Wir traten beide unsere Zigaretten aus. "Hat sich angehört wie ein zerbrochenes Bierglas."

Vorsichtig gingen wir um das Haus herum und hörten laute Stimmen, als wir näher zum Haupteingang kamen. Eine Stimme klang traurig und flehend, die andere klang wütend und tosend. Es hörte sich an, als würde jemand bedroht werden. Ich flüsterte Lacey zu, dass wir Hilfe holen sollten statt selbst einzugreifen, aber sie legte nur einen Finger auf die Lippen und ging weiter.

Als wir um die Ecke schauen konnten, musste ich mir fast eine Hand auf den Mund legen, um nicht laut die Luft einzuziehen.

Blake stand halb im Licht und halb im Schatten. In der einen Hand schwenkte er ein zerbrochenes Bierglas, mit der anderen Hand umfasste er den Kragen des Hemdes eines anderen Mannes, den er vor einen silbernen Propantank drückte. Als ich erkannte, wer er war, setzte mein Herz einen Schlag aus.

"Das ist Mr. Torbreck!", flüsterte ich, was mir aber nur einen wütenden Blick von Lacey einbrachte.

Nun blieb ich still und lauschte, was die beiden sagten.

"Lüg mich nicht an!", brüllte Blake. "Er war gestern Abend nicht auf der Ranch! Ich weiß, dass er bei dir war!"

"D-da liegst du f-falsch", stotterte Mr. Torbreck. "Ich habe ihn seit S-S-Sonntag nicht mehr gesehen."

"Erzähl keinen Scheiß!", schimpfte Blake, ließ den Kragen von Mr. Torbrecks Hemd los und drückte nun seinen Unterarm vor den Hals des älteren Mannes. "Er hat alle möglichen Fragen gestellt. Er versucht, mich auszutricksen - er wartet nur darauf, dass ich einen Fehler mache. Er kommt früher oder später zu dir - das ist der logische nächste Schritt."

"A-aber er war nicht bei mir! Ich schwöre..."

"Du würdest alles schwören, nur um deinen eigenen fetten Arsch zu retten, du dreckiges Stück Scheiße. Denk nur daran, dass *wenn* Cody zu dir kommt - und das wird er - dass ich der einzige Grund dafür bin, dass du überhaupt noch einen Arsch hast, den du retten kannst. Du bleibst also besser bei der Geschichte, sonst nehme ich dir alles, was du hast. Verstanden?"

Mr. Torbreck, der unter Blakes Arm fast erstickte, konnte nicht sprechen und nickte daher nur hastig. Mit einem letzten verächtlichen Schnauben ließ Blake ihn fallen wie einen nassen Sack und ging zur anderen Seite hinter das Haus. Lacey und ich warteten, bis er wahrscheinlich wieder in der Bar war und rannten zu Mr. Torbreck.

Der untersetzte Mann versuchte mühevoll, sich aufzusetzen, war aber in keinem guten Zustand. Sein Gesicht war mit Schweißperlen übersät, seine Hände zitterten und sein Atem klang röchelnd.

"Tory, alles in Ordnung?", fragte Lacey, als sie sich neben ihn hockte. Ihre Stimme zitterte. "Was ist passiert?"

Mr. Torbreck war überrascht, ihre Stimme zu hören und zuckte leicht zusammen. Er sah zwischen Lacey und mir hin und her, seine tränenerfüllten Augen und sein Schnurrbart bebten. Seine Lippen versuchten, Worte zu formen, aber offenbar konnte er sich nicht entscheiden, was er sagen sollte.

"Das ... das ist nicht der Rede wert, Mädchen", sagte er schließlich. "Das war ... na ja ... ich meine ...

was habt ihr denn gehört?"

Lacey hielt inne und sah mich an.

"Wir haben nur laute Stimmen gehört und haben dann gesehen, wie Blake Sie vor den Tank gedrückt hat ", antwortete ich. "Wir konnten nichts verstehen."

Mr. Torbreck entspannte sich sichtbar, seine Schultern sanken, und er hörte auf, sich auf die Lippen zu beißen. "Macht euch keine Sorgen, Mädchen", sagte er. "Und denkt nichts Schlechtes über Blake. Ich weiß, dass es nicht so aussieht, aber ich habe das verdient. In seiner Situation hätte ich genauso reagiert."

Ich zwang mich dazu, nicht schockiert auszusehen. Ich bezweifelte stark, dass Mr. Torbreck jemals so gewalttätig geworden wäre, ganz egal, was vorgefallen war. Lacey ignorierte seine Worte und bot ihm an, ihn zurück nach Hause zu begleiten. Er lehnte aber unsere Hilfe ab und behauptete, dass es ihm gut tun würde, allein zu sein.

Als er außer Sichtweite war, wandte sich Lacey wieder mir zu; in ihren Augen lag eine gewisse

Besorgnis.

"Was machen wir jetzt?", fragte sie.

Auf einmal war ich mir ganz sicher. Hier liefen mehr Dinge schief, als ich angenommen hatte. Aber ein Name kam mir ganz besonders in den Sinn: *Cody.* Ich wusste zwar nicht, was vor sich ging, aber wenn dieser frustrierende, attraktive Mann in Gefahr war, würde ich der Sache auf jeden Fall auf den Grund gehen.

"Wir gehen wieder rein", entschied ich. "Ich setze mich neben Blake, und du *..."* Ich hielt inne, um sicherzustellen, dass sie mich auch verstand. "Du bringst uns ab jetzt Schnaps."

KAPITEL 9

Drinnen tat ich genau das, was ich mir vorgenommen hatte: Ich atmete tief durch, richtete mein Haar und ging entspannt in den Hauptraum der Bar. Ich drängte mich an den Cowboys vorbei und setzte mich neben Blake. Dabei presste ich meinen Oberschenkel an seinen. Er sah mich überrascht an.

"Stimmt irgendwas nicht?", fragte ich unschuldig.

"Nein ... es ist nur ... ich hatte nur den Eindruck, dass Sie nicht auf mich stehen. Ich meine, heute Morgen..."

Ich lachte laut und ungezwungen. "Also, heute Morgen war ich etwas angespannt, das gebe ich zu. Aber ich bin am Anfang immer so, besonders in neuen Situationen. Ich zeige mein wahres Ich nicht, bis ich ... etwas aufgetaut bin." Ich senkte meine Stimme in gleichem Maße wie meinen Blick.

In dem Moment brachte uns Lacey ein Tablett

mit einem gelben Schnaps. "Eine Runde aufs Haus für die Sterling-Jungs und -Mädels", sagte sie zuckersüß. "Das gilt auch für dich, Tarryn. Du bist jetzt nämlich eine von uns!"

Ich lachte erneut und schämte mich ein wenig für das, was ich vorhatte - für meine hinterhältigen Pläne. Dann nahm ich mir zwei Gläser: eins für mich und eins für Blake.

"Sollen wir?"

Blake nickte grinsend. "Auf das Auftauen", sagte er, und wir tranken den brennenden Schnaps. Sarah und die Cowboys taten es uns gleich.

"So eine Scheiße", sagte Max, als wir unsere Gläser wieder auf das Tablett stellten. "Was ist das denn, Benzin?"

"Wenn du was Besseres willst", sagte Lacey zwinkernd, "musst du schon selbst dafür bezahlen."

"Wenn das so ist", erwiderte Blake und knallte einen Geldschein auf den Tisch, "bring uns was Besseres!"

Unzählige Runden später war die Party in vollem Gange. Jemand hatte ein kabelloses Mikrofon hervorgezaubert und es herumgereicht, damit die Leute zur Jukebox-Musik mitsingen konnten. Ein paar der Bauern hatten tatsächlich gute Stimmen, die meisten jedoch eher nicht.

Unsere Gruppe lachte und grölte laut. Max saß nun auf Aarons Schoß und erklärte Sarah, dass ihr Mann sie nie so lieben würde, wie er ihn liebte. Benjamin erzählte laut eine Geschichte, obwohl ihm niemand zuhörte, und T.C. baute ein Haus aus leeren Bierdosen, die immer wieder auf den Tisch fielen. Alle waren zu betrunken, um zu bemerken, dass ich meinen Schnaps seit einiger Zeit immer in mein halb volles Bierglas spuckte. Ich hoffte auch, dass sie zu betrunken waren, um zu merken, dass Blake mir immer näher kam. Er legte seine Hand auf mein Knie und ließ sie nun immer höher wandern. Seinen anderen Arm hatte er um meine Taille gelegt. Ein kleiner Teil von mir fand das sogar aufregend. Aber der Rest von mir fühlte sich einfach nur unwohl, wenn mich jemand berührte. Ich nahm mir vor, dass ich mich unbedingt in Therapie begeben sollte, wenn ich wieder in New York war.

Die Zeit verflog, und ich wurde immer verzweifelter. Blake wirkte, als würde er heute Abend nicht mehr betrunken werden; er vertrug offenbar weit mehr als ich angenommen hatte. Doch endlich begann er zu lallen, und sein Blick wurde glasig. Meine Zeit war gekommen.

"Hey, Süßer", raunte ich in Blakes Ohr, damit er mich bei dem Lärm verstehen konnte. "Sollen wir nicht mal nach nebenan gehen?"

Sofort begann er zu lächeln. Seine Augen waren glasig verschwommen."Klar, Baby. Lass uns gehen."

Niemand beachtete uns, als wir aufstanden und in den Hinterraum gingen, in dem ich Cody zum ersten Mal begegnet war. Dort setzten wir uns in eine der Sitzecken. Ich nahm ihm gegenüber Platz, um seinen Berührungen zu entgehen. Aber ehe ich mich versah, hatte er meine Hand genommen und spielte damit. Mit großem Widerwillen ließ ich es geschehen.

"Naaaa ...Was geht, Süße?", fragte er mich lallend und hatte Schwierigkeiten, sich aufrecht zu halten. Sein letztes Wort klang eher wie

"Süüüüüßeeee".

Ich zwang mich zu einem Lächeln.

"Ich wollte nur ein bisschen mit dir reden", sagte ich. "Du bist viel interessanter als alle anderen da drin."

"Ha! Das will ich aber auch wohl meinen. Also, schieß los - was willst du von mir wissen? Ich bin ein offenes Buch."

"Hmm ... Warum erzählst du mir nicht ein paar Dinge, die sonst niemand weiß?"

Blake runzelte die Stirn und überlegte. Auch ich begann zu überlegen, ob er nicht doch schon zu betrunken für mein Vorhaben war. Ich hoffte inständig, dass er nicht einfach einschlafen würde.

"Also, ich habe einen Abschluss in BWL und habe eine Zeit lang in Belgien die große Kohle verdient. Das war 'ne tolle Zeit. Es hätte dir dort gefallen. Es gibt nicht viele Leute die besser in meiner Branche sind als ich."

Ich hätte fast gewürgt. "Wow", presste ich hervor. Mittlerweile bemühte ich mich nicht einmal mehr, gut zu schauspielern. "Ich bin total beeindruckt.

Warum bist du denn nicht mehr dort und genießt das Leben mit deinen Millionen?"

Blake sah einen kurzen Moment lang ernst aus.

"Ich habe das meiste Geld in einem großen Deal verloren", murmelte er gereizt. "Man hat mich übers Ohr gehauen. Ich habe es einfach nicht kommen sehen."

"Ach, du Armer", sagte ich schmeichlerisch und legte meine Hand auf seine. "Das tut mir ja so leid. Sei nicht traurig - ich kenne viele schlaue Leute, denen bei einem schlechten Handel das Genick gebrochen wurde. Das passiert einfach, da kann man nichts dagegen tun."

"Es hat mir nicht das Genick gebrochen", stellte Blake sofort aufbrausend klar und funkelte mich wütend an. Mir wurde ein wenig unwohl dabei. Doch gleich danach sah er so aus, als sei er kurz vor dem Einschlafen. "Ich habe viel dadurch gelernt, was ich in Zukunft anders machen muss."

Ich wurde aufmerksam. "Was du anders machen musst?"

"Ja", gähnte Blake. "So bin ich mit Tory ins

Geschäft gekommen. Diesem rotznasigen Idioten, der sich für einen Anwalt hält. Noch dazu für den besten weit und breit."

"Ach, Mr. Torbreck", sagte ich vorsichtig und bemühte mich, nicht allzu besorgt zu klingen. Es war ein Wunder, dass ich das Thema nicht selbst hatte anschneiden müssen. "Ich habe ihn von Anfang an nicht gemocht."

Blake schnaubte und legte den Kopf auf den Tisch. "Gut. Er ist ein Vollidiot. Das mit ihm war das einfachste Geschäft, das ich je gemacht habe."

Ich bekam Panik, denn ich wusste, dass mir nicht mehr viel Zeit blieb. Ich bemühte mich, meine Stimme weiterhin belanglos klingen zu lassen. "Du scheinst ihm ja ordentlich eins ausgewischt zu haben, Blake. Wie hast du das nur geschafft?"

"Genauso wie der andere bei mir damals", murmelte er. "Tory geht auch gern Risiken ein ... Also habe ich ihn in ein Spiel verwickelt, dem er nicht widerstehen konnte und habe dafür gesorgt, dass er richtig große Verluste macht. Dann habe ich einen ansgteinflößeneden Kerl zu ihm geschickt, um die

Kohle einzukassieren. Er hat sich fast in die Hose gemacht. Also hat er mich angefleht, und ich habe seine Schulden für ihn bezahlt. Haha. Seine imaginären Schulden. Er hatte ja gar keine. War also nur gefaket. Er schuldet mir was – und zwar so viel, dass er es nie zurückzahlen kann. Und ich habe Beweise gegen ihn in der Hand!" Er wollte sich mit dem Rücken der rechten Hand gegen die Innenseite der linken schlagen, verfehlte sie aber knapp. Er lachte. "Der Spinner hat einen Vertrag unterschrieben. Ich habe ihn in der Hand." Nun ballte er eine Faust und ich bekam es noch mehr mit der Angst zu tun.

Ich schluckte. "Blake, dafür könntest du aber ganz schönen Ärger bekommen, meinst du nicht? Sag, hast du keine Angst, dass er dich hinhängt?"

Er winkte ab. "Was, der? Nee. Auf keinen Fall. Dazu hat er viel zu viel Schiss."

Und damit sank sein Kopf auf die Tischplatte und er begann lautstark zu schnarchen. In meinem Kopf schwirrten so viele Fragen herum, dass ich sowieso nicht gewusst hätte, welche ich ihm hätte zuerst stellen sollte.

KAPITEL 10

Ich schreckte auf. Meine innere Uhr sagte mir, dass es spät war.

*Super*spät.

Fast *Mittag*.

Das schmerzhafte Pochen in meinem Kopf war Erklärung genug dafür, warum ich offenbar keinen Wecker gestellt hatte und warum ich nicht früher aufgewacht war. Ich erinnerte mich wieder daran, warum ich normalerweise nicht viel trank. Doch gestern hatte ich quasi auf leerem Magen getrunken, und zwar raue Mengen. Außerdem hatte ich in der Nacht davor nicht genug geschlafen. Aber das war einfach lächerlich. In meinem Alter sollte man sich nach ein paar Schnäpsen nicht derart schlecht fühlen. Es war ein Wunder, dass ich überhaupt heil zurück zur Ranch gefahren war.

Szenen vom Vorabend schossen mir durch den Kopf, während ich die Treppe hinunter ging, um in die Dusche zu steigen. Blakes Hände auf meinem Körper. Seine Erzählungen über den Betrug. Die Fragen, die aufgeworfen wurden. Warum hatte er einen so harmlosen Mann wie Mr. Torbreck übers Ohr gehauen? Und wie war Cody in das Ganze involviert? War er Blake auf die Schliche gekommen? Und wie weit würde Blake gehen, um Cody davon abzuhalten, ihn zu verraten?

Während ich mich auszog, fiel ein Zettel auf den Boden. Ich hatte in den gleichen Klamotten geschlafen, die ich in der Bar getragen hatte. Es war eine Telefonnummer, neben der stand:

Ruf mich an, wenn was ist.

Lacey.

Ich erinnerte mich dunkel daran, ihr erzählt zu haben, dass ich darüber nachdenken musste, was ich erfahren hatte. In ihr schien ich eine Vertraute gefunden zu haben, was mich ein wenig beruhigte.

Die Sonne schien hell auf mich herab, als ich die Hütte verließ und zur Lodge taumelte. LuAnn saß auf der Hollywoodschaukel auf der Veranda und las in einem dicken Roman. Ich beobachtete sie eine

Weile still und dachte daran, dass meine Mutter sich furchtbar über die zerknitterte Caprihose und die kurzärmelige Bluse lustig gemacht hätte. Zumindest hätte sie gelacht, bevor sie verrückt wurde. Ich seufzte. Jetzt war nicht der richtige Zeitpunkt, über traurige Dinge nachzudenken.

LuAnn lächelte so fröhlich wie immer, als sie mich sah. "Sie haben die Viehfahrt verpasst", sagte sie. Mein Herz sank. Ich hatte nicht damit gerechnet, dass die Fahrt schon heute stattfinden würde. "Alle sind nach dem Frühstück losgefahren. Sie kommen wahrscheinlich nicht vor acht oder neun zurück. Daher habe ich ein bisschen Zeit, John Grisham zu lesen."

Sie lachte, aber ich war wütend auf mich. Ich hatte mich ziemlich unprofessionell verhalten, seit ich hier war. Und jetzt hatte ich die Fahrt verpasst, weil ich einen Kater hatte? Das war das I-Tüpfelchen.

"Ach, Schätzchen, seien Sie nicht traurig. Heute ist nur die kleine Fahrt. Die große folgt morgen, und am Freitag findet das Rodeoreiten statt. Sie haben also noch genügend Zeit."

Ich zwang mich zu lächeln. "Dann brauche ich jetzt dringend Kaffee und eine Beschäftigung."

"Warten Sie. Ich hole Ihnen eine Tasse. Setzen Sie sich einfach zu mir, und wir unterhalten uns ein bisschen."

Ich war einverstanden, denn ich hatte ohnehin nichts Besseres zu tun. Der Kaffee verschaffte mir einen klaren Kopf, und ich fragte LuAnn nach ihrem verstorbenen Mann und der Ranch, die er aufgebaut hatte, aus.

"James war ein guter Kerl. Liebenswert. Schüchtern wie ein Reh, aber stark wie ein Stier. Ich habe mich sofort in ihn verliebt. Niemals hätte ich damit gerechnet, dass ich mal hier landen würde, aber für ihn wäre ich überall hingezogen. Und sein Herz war hier, bei der Ranch und der Landschaft. Er und Cody haben viel gemeinsam. Sie waren eher wie Zwillinge als wie Vater und Sohn. Sie hatten die gleichen Träume."

"Und Blake?", fragte ich. "Er stand Ihrem Mann auch sehr nahe, richtig?"

Wieder lachte sie. "Nein, nein. Blake war

mein Projekt, auch wenn er mit James verwandt war. Ich habe zugesehen, wie er ohne Liebe und ohne jemanden, der sich um ihn kümmert, aufwuchs. So einsam; so verängstigt. Ich hatte Mitleid mit ihm, weil ich in meiner Kindheit ähnliche Erfahrungen gemacht habe. Ich weiß, dass die Einsamkeit einen zerreißen kann. Und ich dachte mir ... na ja ... wenn der Junge eine Familie wie unsere hätte, könnte etwas aus ihm werden. Als er dann immer mehr Zeit hier verbrachte, habe ich zu James gesagt, dass wir ihn unmöglich wieder zurückschicken können, ganz egal, wie viel Ärger er anrichtet."

Das war mir neu. Ich lachte aufgesetzt und ahmte LuAnns entspannte und offene Haltung nach. "Er hat mir gar nicht erzählt, dass er Ihnen Ärger gemacht hat!", sagte ich, als sei ich völlig überrascht.

"Oh, ja! Er hat sich nie sonderlich für diese Ranch interessiert. Hat aus Versehen Tore offenstehen lassen, hat die Milchkühe erschrocken, hat das falsche Futter in die Container gefüllt, sodass die Tiere Blähungen bekamen. Er war sehr streng zu seinem ersten Pferd ... Und es sind auch noch ein paar andere Dinge vorgefallen. Aber ich liebe den Jungen, und dagegen ist man machtlos. James hat das respektiert."

"Er hat ihn am Ende wahrscheinlich genauso geliebt wie Sie", sagte ich. "Wenn man bedenkt, dass er ihm die Hälfte der Ranch vererbt hat."

LuAnns Augenbrauen zogen sich kurz zusammen. "Sie haben sich nie nahegestanden," sagte sie. "Ich war genauso schockiert darüber, wie alle anderen, besonders, weil James sein Testament offenbar geändert hat, ohne es mir zu sagen. Aber wahrscheinlich wollte er mir damit zeigen, dass er Blake so behandelte, wie ich es mir wünschte. Wahrscheinlich konnte er es nur nicht in Worte fassen."

Wieder arbeitete mein Gehirn. Mit einem Mal war mein Kater verschwunden. Irgendetwas stimmte hier nicht - Blake hatte behauptet, er sei wie ein Sohn für James Sterling gewesen, aber LuAnn behauptete gerade das Gegenteil. Widersprüche bedeuteten Lügen. Lügen sorgten für gute Reportagen. Hier ging etwas Merkwürdiges vor sich. Etwas stimmte nicht.

Und ich würde nicht abreisen, bevor ich es nicht herausgefand.

Das Telefon klingelte im Haus.

"Ich gehe mal dran, Schätzchen. Sie können gerne hier sitzenbleiben oder nachsehen, ob Cody Hilfe braucht ..."

"Cody ist hier?", fragte ich ein bisschen zu eilig. LuAnn schien es nicht zu bemerken.

"Er repariert heute vielleicht den Zaun. Aber momentan ist er wahrscheinlich ganz hinten und impft das Vieh. Manchmal hilft es, wenn man dabei ein zweites Paar Hände zur Unterstützung hat. Es war schön, mit Ihnen zu reden, Schätzchen."

Ich ging am Pferdestall vorbei zum kleinen Stall, der aus vielen verschiedenen Boxen bestand. Es sah aus wie ein Labyrinth. Ich nahm an, dass das Vieh hier Bewegung bekommen sollte. Ich konnte mir nicht vorstellen, dass alle Boxen gefüllt werden konnten. Wie viele Tiere mussten das sein? Hunderte? Tausende?

Als mein Blick schließlich auf Cody fiel, schlug mein Herz schneller. Das letzte Mal, das ich ihn sah, überließ er mir Kiera. Das war erst gestern gewesen. Doch seitdem war so viel geschehen, dass ich nicht die leiseste Ahnung hatte, was ich von dem Kerl halten sollte. Mein Körper reagierte allerdings immer schnell, wenn ich ihn ohne Hemd sah. Es war, als würde sich der Tag von gestern erneut abspielen - ich und ein halbnackter Mann, Kapitel zwei. Aber Blake mit nacktem Oberkörper zu sehen, hatte mich in gewisser Weise wütend gemacht. Ich hatte ihm nicht einmal näherkommen wollen. Doch Cody ... Als ich ihn dabei beobachtete, wie sicher und natürlich er sich im Gehege umherbewegte, wie sich seine Muskeln anspannten, wie die Sonne auf seine Haut fiel, vergaß ich fast, weiterzugehen. Ich konnte nur noch daran denken, wie es sich anfühlen würde, meine Hände über seine Brust und seinen breiten Rücken gleiten zu lassen, über seine Schultern und seine Bauchmuskeln. Ich wollte ihn voller Leidenschaft an mich ziehen und ihn küssen.

Mit einem entschlossenen Kopfschütteln versuchte ich meine Gedanken zu verdrängen. Warum war ich nicht mehr wütend auf ihn? Was war mit den Gefühlen, die ich eigentlich noch für Jason hatte? Was war mit der Arbeit, die ich eigentlich hier erledigen sollte?

Cody bemerkte mich, drehte sich um und machte sich eine Notiz in einem kleinen Buch, das er auf einem Holzregal platziert hatte, auf dem Eimer, Cremes, Plastikschilder und Spritzen lagen. Nachdem er mich kurz angesehen hatte, widmete er sich wieder seiner Arbeit.

"Hey", sagte ich und stellte mich erst mit verschränkten Armen vor ihn, ließ sie dann aber schnell sinken. Cody begrüßte mich nicht, daher redete ich einfach weiter. "Ihre Mom meinte, Sie könnten vielleicht Hilfe gebrauchen ... Kann ich irgendwas tun?"

Wieder sagte er nichts. Er arbeitete weiter, als sei ich gar nicht da. Ich beobachtete, wie er auf den Zaun stieg und eine kleine Gruppe Vieh in die Box scheuchte. Dann streckte er seine Hand durch den Zaun nach einem Hebel aus, den er kaum erreichen konnte. Nun schloss sich das Tor und hielt so ein Tier in der Box gefangen. Als Cody wieder vom Zaun heruntersprang, protestierte die schwarze Kuh lauthals muhend und stampfend. Das Weiß ihrer Augen war zu sehen, als Cody eine Creme in ihren Ohren verteilte und dann eine Markierung durch das Ohr schoss. Dann flößte er dem Tier ein Medikament ein und besprühte seinen Rücken mit einer stinkenden Flüssigkeit. Danach betätige Cody wieder den Hebel, sodass die Kuh dem Rest der Gruppe folgen konnte. Der Prozess wiederholte sich, diesmal mit einer braun-weißen Kuh, die nicht stillstehen wollte.

"Was immer Sie da machen", sagte ich, "die Tiere scheinen es nicht sonderlich zu mögen."

"Ich bewahre sie vor diversen Viren, die sie umbringen könnten, bevor wir überhaupt bemerken würden, dass sie krank sind. Ich besprühe sie gerade mit einem Insektenspray und markiere sie, damit ich im Auge behalten kann, welches Tier wohin gehört. Alles ist zu ihrem Vorteil, also können sie sich gerne beschweren. Ich helfe ihnen so oder so."

"Das scheint Ihr Motto zu sein", sagte ich trocken. Es sollte eine Anspielung auf den Reifenwechsel sein, zu dem er mich gezwungen hatte.

"Na ja ...", brummte Cody und betätigte den Hebel, um die Kuh zu entlassen. "Wenn *Sie* sich gern mit einer Kuh vergleichen möchten."

Meine Kinnlade fiel herunter, dann lachte ich. Und dann lachte ich wieder, diesmal lauter. Er hatte recht, und es war irgendwie lustig. Cody lächelte nicht, als er vom Zaun hinabstieg und sich zu mir umdrehte. Aber er sah auch nicht mehr ganz so missmutig aus.

Als er diesmal eine Kuh in die Box trieb, trat ich einen Schritt vor und betätigte den Hebel, damit er sich nicht so weit nach vorne beugen musste. Er nickte mir zu, das war wohl Codys Art, Danke zu sagen. "

"Wenn Sie bitte die Markierungspistole laden würden und dann die Nummer in mein Notizbuch schreiben, dann sind wir um einiges schneller."

Wir waren ein gutes Team. Nachdem wir einige Zeit still gearbeitet hatten, bemerkte ich, dass Cody mich merkwürdig ansah.

"Was?", fragte ich und machte mir schon Sorgen, dass ich Kuhmist im Gesicht hatte.

"Sie lächeln", stellte er fest und strich sich das verschwitzte Haar aus dem Gesicht, was mich wieder antörnte. "Ich hab mich nur gefragt, an was Sie wohl denken."

"Ich ..." Ich hielt inne, um mich zu sammeln und nachzudenken. An was dachte ich eigentlich, abgesehen davon, dass ich unglaublich glücklich darüber war, neben Cody zu stehen und ihm zu helfen? "Ich finde das hier einfach interessant. Ich wusste nicht, wie viel Arbeit es macht, eine Herde Kühe zu halten und dass jedes einzelne Tier so viel Aufmerksamkeit braucht."

Cody sah mich zufrieden an. Er kletterte auf den Zaun und schob die letzte Kuh in die Box. "Versuchen Sie sich mal vorzustellen, wie das mit mehreren hundert Tieren ist. Dann bekommen Sie einen guten Eindruck davon, wie es ist, mit einer ganzen Herde zu arbeiten. Dann kommt noch das Füttern hinzu, die Geburten, sie auf Felder zu treiben, sie zu verkaufen, neue zu kaufen ..."

Ich nickte. "Es gibt eine Menge zu tun, von dem ich keine Ahnung hatte. Ich glaube, viele

Urlauber würden auch gerne diese Seite des Farmlebens sehen ..."

Cody sah mich finster an und arbeitete dann eilig weiter. Mit Schwung trieb er der Kuh die Markierung ins Ohr. Er wirkte sauer.

Ich seufzte. "Cody, ich weiß, dass Sie die Touristen nicht sonderlich mögen, aber ganz im Ernst, Sie sollten drüber nachdenken ..."

"Sie haben keine Ahnung, was ich denke!", schimpfte Cody mit wütendem Gesichtsausdruck und geballten Fäusten. "Es stimmt, ich kann die Touristen wirklich nicht ausstehen - das ganze alberne Gehabe. Der ganze Betrieb, den mein Vater aufgebaut hat, wird ins Lächerliche gezogen, wird von reichen Leuten besiedelt, die eine Menge Geld hinblättern und dann wieder abreisen, in dem Glauben, sie wüssten, wie das wahre Ranchleben aussieht. Scheiße ... Es ist ja noch nicht mal mehr eine richtige Ranch! Es ist ein Zirkus, den jeder Idiot besuchen kann, und der von einer Gruppe Clowns betrieben wird."

Die Ungerechtigkeit seiner Worte traf mich hart. "Wissen Sie, wie Sie sich anhören?", sagte ich mit schriller Stimme. Ich konnte mich einfach nicht zurückhalten. "Sie hören sich an wie ein verwöhntes Kind. Wie ein Typ mit emotionalen Problemen, der den Tod seines Vaters noch nicht verkraftet hat. Und deshalb führen Sie sich auf, als hätten Sie nicht immer noch eine großartige Ranch, nur weil ein Teil davon ein paar Leuten - und zwar netten Leuten - gezeigt wird, damit sie einen kleinen Einblick in eine neue Welt erhalten. Und was die Clowns angeht - das sind die nettesten, talentiertesten Menschen, denen ich je begegnet bin! Und sie schauen zu Ihnen auf - jeder einzelne von Ihnen. Sie könnten Sie einspannen, um Ihre Träume wahrzumachen, wenn Sie sich nur die Zeit nehmen würden, sie besser kennenzulernen..."

"So wie Sie Blake kennengelernt haben?", unterbrach mich Cody, während er die letzte Kuh freiließ. Ich errötete. Was hatte er gesehen? Was hatte er gehört? Mir wurde auf einmal schlecht. Er durfte nicht denken, dass ich Blake wollte. Das durfte er einfach nicht. Das würde ich nicht ertragen.

"Immer, wenn ich mit jemandem von dieser

Ranch zusammen war, dann ausschließlich, um mehr für meine Reportage zu erfahren", erklärte ich und bemühte mich, nicht schuldig zu klingen. "Das ist alles."

"Und ich will kein Teil Ihrer Reportage werden", sagte er schroff. "Daher sind wir hier wohl fertig."

Er warf seine Utensilien in einen leeren Futtereimer und versuchte, an mir vorbeizugehen. Vor zwei Tagen hätte ich ihn das auch tun lassen. Sogar gestern noch. Aber heute machte mich der Gedanke daran, dass er *wieder* beleidigt abziehen würde, verrückt. Also streckte ich meinen Arm aus, als er auf meiner Höhe war, um ihn zurückzuhalten. Ich konnte gerade noch so eine seiner Gürtellaschen fassen.

Mein Griff war so locker, dass er Cody nicht zurückgehalten hätte, wenn er nicht so überrascht gewesen wäre. Aber da ich nicht mal selbst wusste, was ich hier tat und da Cody gerade einen Fuß in der Luft hatte, schwang er zu mir herum und stand mir so präzise gegenüber, als hätten wir es einstudiert. Er war mir so nahe, dass sich unsere Hüften fast berührten. Meine Finger steckten noch immer in seine Gürtelschlaufe, ganz nahe an dem wie gemeißelten "V" seiner Leistenmuskeln. Am liebsten hätte ich seine Haut berührt. Als ich zu ihm aufsah, bemerkte ich, dass seine Wut Überraschung gewichen war. Doch auch etwas Düsteres konnte ich in seinen Augen erkennen. Etwas, das es mir schwer machte zu sprechen und sogar zu atmen. Aber irgendwie brachte ich dennoch ein Wort hervor.

"Bitte."

Er hielt inne, blieb einfach stehen, baute noch mehr Spannung zwischen uns auf. "Bitte was?", fragte er leise.

Unbewusst leckte ich mir die Lippen. *Bitte küss mich,* wollte ich sagen. *Bitte berühre meine Lippen mit deinen, lass deine Finger über meinen Rücken wandern, nimm mich mit in deine Hütte und schließe die Tür ab ...*

"Bitte gehen Sie nicht", sagte ich schließlich. "Ich wollte Sie nicht wütend machen. Es tut mir leid. Bitte ... gehen Sie nicht."

Eine gefühlte Ewigkeit starrten mich diese wunderschönen blauen Augen an, und er stand einfach nur da, so nah, dass ich die Sorgenfalten auf seiner Stirn sehen konnte, den Schweiß an seinen Schläfen Er war mir so nah, dass es wehtat. Auf seinem Gesicht zeichnete sich Verwirrung ab, Zeichen seines inneren Kampfes und Lust - darüber war ich mir ganz sicher. Seine Brust hob und senkte sich, und ich zwang mich, zu warten.

"Ich muss noch nach einer Stute sehen", sagte er schließlich mit sanfter Stimme. "Also muss ich gehen. Aber ... Sie können mitkommen, wenn Sie wollen."

KAPITEL 11

Ich fühlte mich, als wäre ich im Himmel. Genauso musste es sein …

Cody hatte ein abgenutztes Hemd und eine Baseballkappe angezogen und führte mich in den Stall, wo er mir zeigte, wie ich Kiera und Dunny satteln musste. Letzterer war ein sandfarbenes Pferd mit einem dunklen Streifen, der sich von der Mähne bis zum Schweif über das Fell zog. Cody erzählte mir, dass Dunny und er sich schon lange kannten, und dass es kein besseres Pferd für das Vieh gab. Dann hatten wir die Tiere gesattelt und ritten los (in einem langsamen Tempo, so wie ich erbeten hatte). Wir ritten zu einer Weide, die man mit dem Auto innerhalb von mehreren Stunden erreichen konnte. Mit einem Pferd dauerte es aber nur knapp 45 Minuten.

"Kann man mit dem Quad hinfahren?", fragte

ich und bereute es sofort, denn ich befürchtete, dass Cody bereits von meinem Frühstück mit Blake wusste. Aber er zeigte keine Reaktion. Stattdessen erklärte er mir, dass die Fahrt mit einem Motorfahrzeug gefährlicher wäre.

"Sie werden gleich sehen, warum", sagte er. "Aber selbst wenn man fahren könnte ... warum sollte man denn nicht viel lieber reiten wollen?"

Ich lächelte ihn an und dachte darüber nach, dass er, trotz unserer Streitigkeiten, die ganze Zeit dem treu geblieben war, was er am meisten liebte. Und er liebte diesen Ort. Er liebte seine Tiere. Er hatte sich noch nicht an die neue Situation auf der Ranch gewöhnt, aber er trug auf jeden Fall Liebe in sich. Er sah in Dunnys Sattel aus, als hätte er sein Leben lang nichts anderes gemacht, als wäre er eins mit dem Pferd, mit der Erde mit dem Himmel. Ich spürte eine Sehnsucht in mir. Und nicht nur nach ihm; ich wollte auch irgendwo hingehören.

"Sind Sie sicher, dass Sie nicht ein bisschen schneller reiten wollen?", fragte er plötzlich.

Mein ganzer Körper spannte sich an.

"Ähm ... ich glaube eher nicht", sagte ich und stellte mir vor, wie mein Körper im Sattel hin und her fliegen würde, so wie es uns Aaron am ersten Abend als Schauspiel vorgeführt hatte. Ich malte mir aus, wie ich durch die Luft segelte und mit dem Gesicht auf dem Boden landete. Mit Sicherheit würde ich mir etwas brechen. Mein Genick zum Beispiel. Aber Cody war das egal.

"Sie kommen schon klar", versicherte er mir. "Kiera passt auf, dass Ihnen nichts passiert, und ich bin ja schließlich auch noch da."

Ich fragte mich, ob ihm bewusst war, welche Wirkung seine Worte auf mich hatten - wie sehr ich ihm gefallen wollte. Ich wollte auf keinen Fall schneller reiten und mein Leben auf dem Rücken dieser riesigen Kreatur riskieren, nur um mir etwas zu beweisen. Aber ebenso wenig wollte ich den wunderschönen Mann enttäuschen, der gerade dabei war, mein Herz und meine Seele zu gewinnen. Ich atmete tief durch und nickte, weil ich nicht einmal ein zittriges "Okay" hervorbringen konnte. Aber ich würde es versuchen.

"Alles klar", sagte er, ohne etwas von meinem inneren Kampf zu bemerken. "Wenn Sie Kiera den Befehl erteilen, wird sie sofort traben. Es wird ungefähr zehnmal so ruckelig wie in diesem Tempo, aber das ist schon okay. Üben Sie einfach Druck auf die Steigbügel aus, und federn Sie den Aufprall mit den Knien ab. Rollen Sie Ihre Hüften mit. Sind Sie bereit?"

Mit einem letzten Nicken schnalzte ich mit der Zunge, so wie T.C. es mir gezeigt hatte. Sofort verfielen die beidem Pferde in einen Trab, und auch mein Herz hüpfte im Takt auf und ab. Einen Moment lang vergaß ich, was ich tun musste, worauf ich mich konzentrieren sollte, wie ich mich aufrecht halten sollte. Obwohl ich mich krampfhaft am Griff festklammerte, fühlte es sich an, als würde ich langsam zur Seite rutschen. Aber dann erinnerte ich mich wieder an die Steigbügel und dass ich den Aufprall mit den Knien abfedern sollte. Ich fand eine Art rhythmische Balance. Ungläubig stellte ich fest, dass es sogar Spaß machte. Ich fühlte mich ... sicher. Und bald fühlte ich mich rastlos. Ich wollte mehr,

mehr Adrenalin. Ich schnalzte wieder mit der Zunge.

Kiera lief schneller, das ruckelige Gefühl verschwand, es fühlte sich weich an - als würde ich über den Boden gleiten, ohne ihn zu berühren, als würde ich mich schneller fortbewegen als jemals zuvor. Obwohl ich schon mit Jetflugzeugen und Hochgeschwindigkeitszügen unterwegs war. Aber nichts hatte sich so angefühlt wie das hier. Ich flog.

Als ich mich schließlich wieder daran erinnerte, dass ich nicht allein in dieser Traumwelt war, schaute ich zu Cody herüber, der neben mir ritt und ein breites, jungenhaftes Grinsen auf dem Gesicht trug. Er bedeutete mir, an den Zügeln zu ziehen. Zögerlich gehorchte ich.

"Verdammt nochmal", sagte er, als wir beide wieder Schritt ritten.

"Was?", fragte ich und war überrascht darüber, dass ich außer Atem war. Ich hatte nicht damit gerechnet, dass Reiten tatsächlich harte Arbeit bedeutete.

"Nichts", erwiderte Cody. "Sie überraschen mich nur."

Er sah so glücklich aus, dass mir warm ums Herz wurde. Ich hätte mich daran gewöhnen können. Ich hätte mich an *all* das gewöhnen können.

"Warum haben wir angehalten?", fragte ich. Cody deutete in die Richtung, in die wir ritten. Zwanzig Meter vor uns verschwand der Boden über eine Fläche von ungefähr zwei Fußballfeldern. Als wir uns näherten, erkannte ich, dass das Gras einer Schlucht wich, die von einem Bach zwischen den Hügeln durchlaufen wurde. Unten sah ich ein wenig Wasser fließen.

"Wir reiten da runter*?"*, fragte ich überrascht.

"Und auf der anderen Seite wieder hoch", antwortete Cody locker. "Sehen Sie jetzt, warum sich die Strecke nicht für Fahrzeuge eignet?"

"Ich sehe aber auch, warum sich die Strecke nicht für Pferde eignet", murmelte ich. Doch ich folgte Cody, als er Dunny über einen schmalen Pfad hinunterritt, der parallel zur Schlucht verlief. Während Kiera vorsichtig den Weg entlang ging, ahmte ich Codys Haltung nach und lehnte mich im Sattel zurück. Sofort fühlte ich, wie ausbalanciert ich dadurch war. Auf dem Weg nach oben auf der anderen Seite lehnte ich mich nach vorne.

"Sie haben wirklich schnell reiten gelernt", sagte Cody und unterbrach meine Konzentration. Ich spürte, dass ich errötete. Ich hatte nicht bemerkt, dass er auf mich geachtet hatte.

"Ich wette, das sagen Sie zu allen Frauen", sagte ich fröhlich, als wir flaches Land erreichten.

"Ich hatte nie wirklich eine Frau", sagte Cody. Sein Tonfall war fast ebenso fröhlich wie meiner, aber ein bisschen Wehmut schwang darin mit. "Es sei denn, Sie zählen Kiera mit." Er zeigte auf meine ruhige, vorsichtige Stute. "Und ihre Schwester."

"Ihre Schwester?"

"Ja. Sie heißt Kova. Sie hört uns jeden Moment und kommt angelaufen."

Wie auf Kommando ertönte ein hohes Wiehern, und ein Pferd erschien, das fast genauso klang wie Kiera. Nur der Bauch des Tieres war rund, und die Stute watschelte von ihrer Scheune aus auf uns zu. Kova war offensichtlich trächtig und müsste wahrscheinlich bald ihr Fohlen gebären.

"Das sind also die Zwillinge, die Ihnen das Zuchtpferd geboren hat", stellte ich sachlich fest.

Cody warf mir einen überraschten Blick zu. Ich verdrehte die Augen.

"Ich bin Reporterin, Cody. Ein paar Dinge habe ich auch ohne Ihre Hilfe herausgefunden."

"Na schön. Und ja, das sind meine Mädchen. Ihre Mutter starb bei der Geburt. Gleich nachdem sie Kova ein kleines Abschiedsgeschenk mit ihrem Hinterhuf verpasst hat." Er deutete auf die linke Seite von Kovas Gesicht, und mir fiel auf, dass sie nur ein Auge hatte. Sie war aber trotzdem schön, wie ich fand. Ich vermutete aber, dass die Behinderung Kova als Showpferd unnütz machte. Cody bestätigte dies mit zusammengezogenen Augenbrauen.

"Es ist wirklich schade, denn Kiera hat definitiv das Köpfchen dazu, aber nicht den richtigen Körperbau. Den wiederum hat Kova. Ich weiß, sie sehen fast gleich aus, aber glauben Sie mir, es gibt einen Unterschied. Kova hat die ganze Perfektion, die ihre Mutter hatte."

"Also statt Kova zu präsentieren, versuchen

Sie ihre guten Gene weiterzutragen."

"Sie begreifen schnell für ein Stadtmädchen." Er lächelte wieder, und mein Herz hüpfte vor Freude. Cody stieg von Dunny ab und wickelte die Zügel um den Sattelgriff. Er ging zu Kova hinüber, streckte seine Hand aus und bekam einen liebevollen Schubs. Dann ließ er seine Hände von Kovas Hals über ihre Beine gleiten und tastete ihre Gelenke ab, bevor er jeden einzelnen Fuß hochnahm. Er berührte vorsichtig ihren Bauch; was er ertasten wollte, wusste ich nicht.

"Und, wie sieht es aus?", fragte ich, als er fertig war und Kova den Hals tätschelte.

"Ich sollte sie am besten schnell zurück zur Ranch bringen", antwortete Cody. "Ich hole sie nächste Woche mit einem Wagen ab."

"Kann ich mitkommen?"

Cody lachte. "Klar. Die Straße ist ziemlich steinig. Da kann ich jemanden gebrauchen, der weiß, wie man einen Reifen wechselt."

"Sehr witzig", sagte ich, war aber kein bisschen wütend. Auf einmal landete ein

Wassertropfen auf meiner Nase. Als ich zum Himmel schaute, stellte ich mit Schrecken fest, dass er fast vollständig bewölkt war. Die Wolken, die aus der Ferne aufzogen, waren dunkel.

"Wir sollten zurück reiten ...", sagte ich, als die Tropfen schneller zu fallen begannen.

Cody schaute zu den Wolken und nickte zustimmend. Er stieg wieder auf sein Pferd, das die ganze Zeit geduldig gewartet hatte. Als wir gerade einmal zehn Meter weit geritten waren, schüttete es wie aus Eimern. Ich konnte kaum etwas sehen. Ich bekam Panik, und hatte Angst, dass Kiera einfach los galoppieren würde und ich mich nicht am nassen Sattelgriff festhalten konnte.

Cody kam schnell zu mir geritten. Sein Oberschenkel berührte meinen, als er nach meinen Zügeln griff.

"Halten Sie sich fest!", rief er durch den gnadenlosen Regen. Dann führte er mich zurück zu Kovas Stall, der nur an drei Seiten geschlossen war. Das trächtige Pferd stand nun ebenfalls wieder im Schuppen und aß zufrieden sein Heu. Wir waren bereits völlig durchnässt.

Cody half mir, abzusteigen.

"Sie zittern ja", stellte er besorgt fest. "Ist Ihnen kalt?"

Ich schüttelte den Kopf. "Das sind nur meine Nerven", sagte ich. "Ich dachte, ich würde vom Pferd fallen."

"Zum Glück ist ja nichts passiert. Warum setzen Sie sich nicht dort drüben hin. Ich komme gleich nach."

Während Cody die Pferde anband, schaute ich mich um und bemerkte die Heuballen, die in der Ecke des Schuppens aufgestapelt waren. Ich setzte mich auf einen, wurde aber noch nervöser. Daher lehnte ich mich an die Wand und fuhr mir mit den Fingern durch das nasse Haar.

Als er mit den Pferden fertig war, kam Cody zu mir. Ich erwartete, dass er mich fragen würde, warum ich mich nicht gesetzt hatte, aber er lehnte sich einfach neben mich an die Wand und schaute hinaus. Schließlich sagte er etwas, aber durch den Lärm des Regens war er schwer zu verstehen. Ich tippte mir mit dem Finger aufs Ohr, um ihm zu zeigen, dass er lauter sprechen musste. Er trat näher zu mir heran, sodass sein Arm meinen berührte und beugte sich weiter zu mir vor. Mein Herz schlug schneller, aber ich versuchte, mir nichts anmerken zu lassen.

"Ich habe gefragt, warum Sie keinen Schirm dabeihaben", sagte Cody, was mich zum Lachen brachte.

"*Ich* hätte einen Schirm mitbringen sollen? Waren Sie nicht mal bei den Pfadfindern? Sollten Sie nicht immer vorbereitet sein?"

"Wie kommen Sie denn darauf, dass ich bei den Pfadfindern war?"

Ich zuckte mit den Schultern. "Ich dachte alle Landleute waren mal bei den Pfadfindern."

"Nein, nein, nein ... Sie meinen die 4-H. 4-Hs sind nie gut vorbereitet."

"Das sehe ich", sagte ich und legte meinen Kopf leicht schräg, um nach draußen zu sehen. Der Regen war stärker geworden, wenn das überhaupt möglich war. Normalerweise behielt ich meine Erinnerungen für mich, aber heute war ich in

Redelaune. "Das letzte Mal, dass ich so einen Regen erlebt habe, war an dem Tag, als mein Vater meine Mutter mit einem Date überraschen wollte."

Cody sagte eine Weile nichts. "Und, wie ist es gelaufen?", fragte er schließlich.

Ich lachte leise. "Er ist mit ihr Kanu gefahren, auf einem See in der Nähe unseres Hauses. Der Regen war so stark, dass das Boot sank und sie zum Ufer schwimmen mussten. Er hat sie durch den Schlamm zurück zum Auto getragen. Ich fand das irgendwie romantisch."

"Ich meine, herauszuhören, dass Ihre Mutter das anders gesehen hat."

Ich schüttelte den Kopf. "Sie war furchtbar wütend, dass mein Vater nicht vorher den Wetterbericht gehört hatte. Tagelang hat sie sich nur darüber aufgeregt, dass ihr Kleid ruiniert war. Marc Jacobs, glaube ich. Limited Edition. Dad hat sie einfach meckern lassen. Das hat er immer getan. Wenn Mom sauer war, durfte man sich nicht mit ihr anlegen. Die Frau hatte unheimliches Temperament."

"Schockierend", sagte Cody so ernst, dass ich

ihn ansehen musste, um anhand des Funkelns in seinen Augen zu merken, dass er schmunzelte. Ich schlug ihm scherzhaft auf den Arm.

"Klappe", sagte ich lachend. Wir beobachteten einige Minuten weiter den Regen, bevor Cody wieder sprach.

"Sie haben gesagt *hatte.* Ihre Mom *hatte* Temperament. Lebt sie nicht mehr?"

Ich atmete langsam aus. "So könnte man es fast ausdrücken. Sie hat ihr Leben lang mit psychischen Problemen gekämpft. Bei ihr wurde damals eine Depression diagnostiziert. Mittlerweile denke ich, dass sie eine bipolare Störung hat. Jedenfalls ... als Dad an einem Herzinfarkt starb, hat sie sozusagen aufgegeben. Sie hat aufgehört, sich für irgendwas zu interessieren. Und das Ganze geschah nur drei Tage nach der Kanufahrt."

"Was?"

Ich blickte zu Cody auf, denn ich musste eine Verbindung zu ihm herstellen, brauchte jemanden, der die unendliche Traurigkeit abfing, die ich immer noch empfand. "Sein Herzinfarkt. Er war sofort tot.

Einfach weg! Und Mom hatte ihm nie verziehen, dass ihr Kleid bei dem Ausflug kaputt ging! Noch immer nicht! Das muss man sich mal vorstellen."

Cody sagte nichts. Sanft schlang er seine Arme um meinen Körper und zog mich an seine Brust, legte eine seiner großen Hände um meinen Kopf. Meine Wange drückte gegen seine feuchte Brust und meine Arme schlang ich um seinen breiten Oberkörper. Ich weinte nicht. Ich klammerte mich nicht an ihn. Ich analysierte nicht, was die Situation bedeuten könnte und machte mir keine Sorgen darüber, dass ich Mascaraflecken auf seinem Hemd hinterlassen könnte. Ich ließ einfach zu, dass er mich festhielt. Ich hatte mich noch nie - nirgendwo - so zugehörig gefühlt wie in diesem Moment.

Ich weiß nicht, wie viel Zeit verging, bevor Cody das Schweigen brach. Aber als er sprach, klang seine Stimme so warm wie noch nie zuvor.

"Du bist genau wie er, weißt du?"

Ich zog meinen Kopf zurück, um ihm in die Augen zu sehen, weil ich nicht verstand, was er meinte.

"Wie wer?"

"Wie dein Vater", sagte Cody und sah mich so durchdringend an, dass es mir den Atem verschlug. "Ich weiß zwar nicht viel über ihn, aber ich erkenne, dass du deinen Charakter von ihm hast. Du machst gerade eine schwere Zeit durch - viele Menschen würden daran zerbrechen - und du tust so, als sei das keine große Sache. Du stehst so über den Dingen, dass dich niemand erreichen kann. Du bist eine starke Frau, Tarryn. Bitte trage aber nicht alle Lasten alleine. Ich weiß aus Erfahrung, dass das sehr einsam machen kann."

Tränen stiegen mir in die Augen. Ich wollte sie wegwischen, aber ich wollte Cody nicht loslassen. Meine Arme lagen immer noch um seine Taille, mein Körper war immer noch an ihn geschmiegt. Ich fühlte, wie stark er war, wie hart seine Muskeln waren. Ich spürte fast kleine Stromschläge, wo er mich berührte. Das Letzte, was ich wollte, war, mich aus seiner Umarmung zu lösen. Daher ließ ich einfach zu, dass sich meine Augen mit Tränen füllten.

"Danke", sagte ich, als eine an meiner Wange

hinunterlief.

Cody atmete ein, als wollte er etwas sagen, aber dann schüttelte er nur den Kopf. Ich spürte, wie er mich mit einer Hand näher an sich herandrückte. Er sah mich mit seinen blauen Augen an, die Mitgefühl ausdrückten, als er sich zu mir herunterbeugte und mich vorsichtig um Erlaubnis zu fragen schienen. *Oh bitte,* dachte ich mit pochendem Herzen. *Oh bitte, ich will es so sehr ... ich will Cody so sehr ...*

Und dann klingelte mein Handy.

Das war nicht fair.

Das war verdammt nochmal nicht *fair.*

All die Funklöcher in diesem bescheuerten Ort, und ausgerechnet auf *diesem* Hügel hatte ich plötzlich Empfang. Ich verfluchte den kleinen Fleck Erde, auf den ich stand, den Telefonanbieter, der hier einen Mast aufgestellt hatte und mich selbst, weil ich mein Handy mitgebracht hatte.

Schnell zog ich es aus meiner Tasche und hoffte, dass ich es einfach auf lautlos stellen konnte und dass der Moment noch nicht verstrichen war.

Aber dann sah ich, wer anrief.

"Oh, bitte nicht", stöhnte ich, bevor ich mich davon abhalten konnte.

Es war Jason. Mein Ex-Verlobter ruinierte offenbar wieder und wieder mein Leben.

KAPITEL 12

Auf dem Heimweg redeten wir nicht. Immer wieder dachte ich an den Kuss, der fast geschehen wäre und an die Unterhaltung mit Jason.

"Das ist kein guter Zeitpunkt, Jason", hatte ich gezischt und mir mehr Privatsphäre gewünscht. Aber da der Regen immer noch genauso stark vom Himmel fiel, musste ich direkt neben Cody stehenbleiben, der folglich jedes Wort hören konnte.

"Bitte gib mir nur ein paar Sekunden", sagte Jason. "Ich muss dir was Wichtiges sagen."

Ich schaute zu Cody hinüber, der mit den Halftern herumhantierte und sich so weit von mir entfernt wie möglich aufhielt. Aber eben nicht weit genug.

"Na schön", sagte ich knapp. "Beeil dich aber."

Ich hörte ein Seufzen am anderen Ende der Leitung. "Es ist so lange her, seit ich deine Stimme gehört habe."

"In der Tat."

"Richtig. Ich komme zum Punkt. Okay. Ich hatte gerade eine ziemlich schlimme Erkältung, und die Idioten im Ankauf machen mir das Leben zur Hölle, und generell ging es mir einfach scheiße, und daher habe ich viel nachgedacht. Ich, als wir uns getrennt haben ..."

"Du meinst, als *du* mich *verlassen* hast."

"Stimmt. Sorry. Als ich ... dich verlassen habe ... ich weiß, dass ich gesagt habe, ich wäre nicht mehr glücklich mit dir. Ich weiß, dass ich gesagt habe, wir wären im Grunde nichts weiter als Freunde ..."

"Als *Bekannte,* Jason. Ich erinnere mich noch ganz genau, dass du *Bekannte* gesagt hast."

Er räusperte sich. "Habe ich das wirklich? Scheiße ... das ... ist wirklich schlimm. Aber ... hör bitte einfach zu! Ich weiß, dass ich all diese Dinge gesagt habe, aber mir ist klar geworden, dass ich einfach ... total unzufrieden mit mir selbst war und dir die Schuld dafür gegeben habe, obwohl du das nicht verdient hast. Ich denke immer wieder daran, was wir miteinander hatten und wie magisch es war und wie sehr ich dich vermisse. Ich liebe dich, Tarryn. Und ich ... ich will dich zurück."

Irgendetwas in mir veränderte sich. Ich konnte mir genau vorstellen, wie Jason gerade aussah. Wie er auf dem Sofa saß, ein Bein angewinkelt, sein braunes Haar, das ihm über die grünen Augen fiel. Seine dünne Krawatte, die leicht verrutscht war, seine perfekte Khakihose, ein wenig zerknittert nach einem langen Tag. Ich sehnte mich nach ihm, nach der Liebe, von der ich geglaubt hatte, sie wäre da. Wieso hatte er noch immer diese Wirkung auf mich? Wie konnte er mich noch immer so schwach werden lassen, nachdem er mir das Herz gebrochen hatte? Was würde das über mich sagen, wenn ich ihm jetzt glaubte? Es war zu viel für mich. Der Regen schien schwächer zu werden.

"Pass auf, Jason ...", sagte ich und suchte nach den richtigen Worten. "Ich weiß es sehr zu schätzen, dass du mich anrufst, aber ich kann dir gerade nichts dazu sagen."

"Das ist okay!", sagte Jason hoffnungsvoll.

"Bitte überstürze nichts. Nimm dir Zeit. Aber, äh ... versprich mir, dass du drüber nachdenkst, okay?"

"Klar. Versprochen."

Während ich nun auf Kiera durch das nasse, glänzende Gras zurückritt, musste ich mir eingestehen, dass ich mein Versprechen wirklich hielt. Denn ich konnte an nichts anderes denken. Was hatte Jason sich nur dabei gedacht, mich nach so vielen Wochen einfach anzurufen und mich zurück zu wollen, gerade, als ich dabei war, darüber hinwegzukommen. Nur wenige Sekunden, nachdem ich mich voll und ganz auf jemand anderen eingeschossen hatte. Und warum hatte ich gesagt, dass ich darüber nachdenken würde, statt ihm mitzuteilen, dass er sich den Vorschlag in seinen Hipster-Arsch stecken kann? Warum hatte ich mich nicht einfach darüber freuen können, dass ich mit einem Mann zusammen war, an dem ich interessiert war und zu dem ich mich hingezogen fühlte? War dieser Mann überhaupt noch eine Option? Ich sah zu Cody, um abzuschätzen, wie viel er wohl gehört hatte. Ob es wohl genug für ihn war, zu beschließen, dass er sich nicht mir einlassen wollte?

Er kam mir vor wie jemand, der keine Komplikationen mochte. Vielleicht hatte er mich schon abgeschrieben. Vielleicht war mein Moment mit ihm für immer verstrichen.

Als wir wieder zurück zur Ranch kamen, erklärte mir Cody, er würde sich um die Pferde kümmern, damit ich mich fürs Abendessen frisch machen konnte. Ich nickte und machte mich auf den Weg zu meiner Hütte. Bevor ich die Tür erreichte, sah ich etwas Weißes die Einfahrt entlangfahren. Da ich annahm, es seien vielleicht neue Touristen, ging ich zur Lodge, um zu schauen, wie sie wohl aussahen.

Aber zu meiner Überraschung war es kein Van, sondern ein riesiger weißer Pickup-Truck; die Fahrerin hatte dickes braunes Haar, das aus dem Fenster wehte. Als der Wagen anhielt, stieg eine wunderschöne Frau aus, die vielleicht ein paar Jahre jünger war als ich. Ihr Haar reichte bis zu den perfekten Kurven ihrer Taille, ihre tiefblauen Augen funkelten unter den sorgsam geschminkten, langen Wimpern. Sie sah genauso aus wie das Klischee eines heißen Landmädchens, das ich immer im Kopf hatte, wenn meine Cousine Amy mich dazu gezwungen hatte, ihre Dierks Bentley-CDs zu hören - perfekt gebräunte Haut, ordentlich Oberweite, durchtrainierte Oberschenkel ... und all das verpackt in ein winziges Top, abgeschnittene Shorts und dazu rosafarbene Cowboystiefel.

Natürlich.

Als sie mich auf der Veranda entdeckte, schenkte sie mir ein breites Miss Universe-Lächeln. Vorher war aber etwas anderes über ihr Gesicht gehuscht - Misstrauen vielleicht. Ich tat so, als hätte ich es nicht bemerkt und lächelte zurück.

"Ich suche Cody", sagte sie fröhlich. "Ich habe ihm seine Mints mitgebracht."

"Sie sehen aber ein bisschen zu alt für ein Pfadfinderin aus", sagte ich und hoffte, dass mein Lachen verbarg, dass ich etwas nervös wurde.

"Ja, meine Nichte ist dieses Jahr Pfadfinderin geworden, und daher helfe ich bei den Lieferungen, wo ich kann." Die Frau trat zu mir auf die Veranda und roch wie eine Victoria's Secret Fashionshow. Mir wurde mit einem mal klar, dass ich nach Schweiß,

Leder und Regenwasser roch. "Ich muss aber ganz ehrlich sagen, dass ich auch hergekommen bin, um Sie mir mal aus der Nähe anzusehen", fuhr sie fort. "Tarryn, richtig?"

Ich musste überrascht ausgesehen haben, denn sie lachte - ein Lachen, dass frustrierend ansteckend klang.

"Mädel, im Ort reden alle von der Reporterin aus der Großstadt! Ich musste Sie einfach kennenlernen. Normalerweise bleiben interessante Menschen nicht allzu lange hier - ich musste meine Neugier also besser früher als später stillen."

Sie zwinkerte mir zu, und ich überlegte, ob ihre Worte wohl eine Feststellung oder eine Drohung waren. Ich versuchte, den Gedanken abzuschütteln - es gab keinen Grund, argwöhnisch gegenüber dieser Frau zu sein, die ich gerade erst getroffen hatte.

"Wie war Ihr Name noch gleich", sagte ich so freundlich wie möglich.

"Ich glaube, ich habe mich noch gar nicht vorgestellt!", flötete sie zuckersüß. "Ich bin April Baxter. Freut mich. Ich will nicht unhöflich sein, aber wenn Sie den süßen blonden Cowboy heute noch nicht gesehen haben, dann suche ich ihn selbst ..."

"Ich habe ihn gesehen", unterbrach ich sie schärfer als vorgesehen. "Er ist im Stall und striegelt unsere Pferde. Wir sind gerade von einem Ausritt wiedergekommen."

Meine Zickigkeit widerte mich selbst an, aber ich konnte einfach nichts dagegen tun. Dass die Frau den Mann suchte, den ich heute beinahe geküsst hatte, machte mich auf befremdliche Weise so besitzergreifend wie noch nie zuvor.

April zeigte keine Reaktion, sondern verengte nur leicht ihre perfekt geschminkten Augen. "Dann gehe ich mal dorthin", sagte sie mit einem kurzen Nicken. "Hat mich gefreut."

Ich beobachtete, wie sie ihre Hüften auf dem Weg zum Stall hin und her schwang. Eifersucht breitete sich in mir aus. Diese Frau stand auf Cody, und bei diesem Körper musste Cody sicherlich auch auf sie stehen. Offensichtlich kannten sich die beiden. Vielleicht lief da sogar schon was zwischen denn beiden und ich war nur ein kleiner Flirt, eine kleine

Ablenkung am Rande. Nun würden sie wieder das schönste Paar auf der Welt werden. Aprils Aussehen hatte mich so aus dem Konzept gebracht, dass ich sogar das anzweifelte. Vielleicht hatte mich Cody gar nicht küssen wollen. Vielleicht hatte ich mir das alles nur eingebildet.

Vor lauter Nervosität setzte mein Kopfschmerz wieder ein. Ich beschloss, an diesem Abend nichts zu unternehmen. Stattdessen duschte ich, aß eineinhalb Energieriegel und las eine Zeitschrift, bis ich einschlief.

Der nächste Tag verging, ohne dass ich Cody sah. Ich mischte mich unter die Touristen, bis es Zeit für die nächste Viehfahrt wurde und lauschte ihren Geschichten über den Vortag. Einer der Vorstädter hatte tatsächlich eine Kuh mit dem Lasso gefangen, wusste aber nicht, wie er sie zu Boden bringen sollte. Daher war er dem Tier den ganzen Tag hinterher gerannt. Die reiche Familie hatte einen Streit gehabt - deswegen blieb die Frau heute auf der Ranch. Bobby war offenbar von seinem Pferd gefallen. Seine Freunde waren der Ansicht, dass es das Coolste war, das sie je erlebt hatten und erfanden jedes Mal, wenn sie die Geschichte erzählten, ein paar neue Details.

"Der Typ hatte die Füße nicht in den Steigbügel gestellt und ist einfach runtergerutscht", murmelte mir Max zu. "Pine Cone hat angehalten, sobald er gemerkt hat, dass kein Gewicht mehr in seinem Sattel war. Aber laut der Kids ist Bobby von einem wilden Tier heruntergekickt worden und hätte den Sturz fast nicht überlebt."

Ich lachte. "Ich schätze, Sie haben wohl nie was erfunden, als Sie noch jünger waren, hmm?"

"Nein, Ma'am." Max zwinkerte mir zu. "Ich bin immer ehrlich. Keine Lügenmärchen von mir. Apropos ehrlich, ich bin Ihnen übrigens sehr dankbar, dass Sie mit Lacey geredet haben."

"Kein Problem", sagte ich lächelnd. "Ich nehme an, Sie wollen wissen, was sie gesagt hat?"

"Ich sterbe fast vor Neugier."

Ich schmunzelte. "Sie hat gesagt: 'Auf gar keinen Fall.'"

Max' Gesicht wurde traurig. Er sah aus wie ein Kind, das gerade herausgefunden hat, dass Weihnachten dieses Jahr ausfallen würde. "Das sagt sie zu allen", meinte er. "Ich weiß, dass ich aufgeben sollte. Ich sollte sie einfach vergessen, aber ..."

Mit einem übertriebenen Seufzer bedeutete ich ihm, still zu. "Max, ich bin keine Beziehungsexpertin, daher sage ich es Ihnen nur einmal. Normalerweise, wenn Frauen 'auf keinen Fall' sagen, meinen sie auch 'auf keinen Fall'. Daher verstehe ich Ihre Enttäuschung. Aber Lacey? Wenn sie 'auf keinen Fall' sagt, meint sie vielleicht, sie würde auf keinen Fall mit Ihnen auf ein Date gehen, wenn Sie nicht endlich Ihren Hintern bewegen und mit ihr reden wie ein Mann, der sie verdient."

Max' Haltung wurde wieder gerade, seine Augen wurden groß und rund. "Echt? Sind Sie sicher?", sagte er halb ungläubig und halb erfreut. "Das würde ich nur allzu gerne glauben. Ich meine, wenn man Lacey kennt, macht das sogar Sinn. Aber, na ja, ich meine, alle andere sagen..."

"Die anderen waren noch nie hinter einer Frau

wie ihr her", sagte ich und drückte ermutigend seinen Arm. "Sie müssen sich ein Date mit ihr verdienen, Max. Und das geht nur, wenn Sie sie ernst nehmen. Sie mag vielleicht Kellnerin auf dem Land sein, aber sie hat Klasse."

Max atmete tief durch und nickte.

"Danke, Tarryn. Dann werde ich das tun."

Ich freute mich für ihn.

Nach dem Frühstück machten wir uns auf den Weg Richtung Süden. Ich redete den ganzen Tag lang nur wenig, was nicht einfach war, denn immer wieder versuchten die Cowboys, mich in ein Gespräch zu verwickeln. Blake war am hartnäckigsten und versuchte es mindestens viermal und machte mir immer wieder Komplimente. Ich bemühte mich, höflich zu bleiben, aber der Gedanke daran, was Blake getan hatte, machte es schwer. Hinzu kamen mein Ex-Verlobter und ein Cowboy, den ich fast geküsst hatte.

Ich freute mich allerdings darüber, dass T.C. mir immer wieder sagte, dass ich wie ein Profi ritt.

"Ich habe noch nie erlebt, dass es jemand so

schnell lernt wie Sie", sagte er beeindruckt. "Es ist fast unheimlich."

"Ich weiß nicht, T.C.", erwiderte ich. "Mein Hintern tut weh, und als ich gestern von Kiera abgestiegen bin, bin ich eine halbe Stunde lang mit O-Beinen herumgelaufen."

"Wenn Ihr Hintern am Anfang nicht weh tut, machen Sie was falsch", lachte T.C. und hielt dann abrupt an. "Warten Sie ... Sie sind doch gestern gar nicht mitgekommen. Wann sind Sie denn auf Kiera geritten?"

Aus irgendeinem Grund, dachte ich kurz darüber nach, ob ich ihn anlügen sollte. Aber dann zwang ich mich, die Wahrheit zu sagen.

"Cody und ich haben gestern nach Kova gesehen. Er hat mir einiges gezeigt."

T.C. nickte wissend und sah etwas wehmütig aus.

"Cody hat etwas, das ich nie haben werde, und ich beziehe mich nicht nur auf seinen Umgang mit Frauen." Er lächelte mich an, um mir zu verstehen zu geben, dass er scherzte. "Er kann gleichermaßen gut mit Tieren und Menschen umgehen - er beruhigt sie. Hilft Ihnen, glücklicher zu werden."

"Witzig", sagte ich. "Er hat mich hauptsächlich aufgezogen."

"Ich weiß, aber sie sind ja auch keine Durchschnittsperson. Sie sind etwas Besonderes. Und außerdem sind Sie doch jetzt auch wirklich ruhiger, oder nicht?"

Ich wusste nicht recht, was ich erwidern sollte. *Ja,* dachte ich, *aber gleichzeitig ist auch genau das Gegenteil der Fall.*

"Ich bin nicht ganz sicher", lachte ich. "Ich fühle mich definitiv wohl im Sattel."

"Ja, das meine ich. Aber wenn Sie noch Zweifel an meinen Worten haben, werden Sie morgen beim Rodeoreiten sehen, dass ich recht habe. Cody ist so gut wie kein anderer."

Ich fühlte Panik in mir aufsteigen.

"Er reitet morgen ein wildes Pferd? Beim Rodeo? Ist das nicht ... gefährlich?"

"Für die meisten Leute schon. Aber warten Sie nur ab."

Als T.C. davonritt, um die Herde in die richtige Richtung zu treiben, versuchte ich meine Sorgen abzuschütteln. Alle hatten gesagt, dass Blake morgen die Show machen würde; dass Cody dabei sein würde, war mir neu. Wie sollte ich nur ruhig dasitzen und zusehen, wie er ein wildes, wütendes, untrainiertes Pferd ritt? Es schien mir unmöglich. Und damit hatte ich eine weitere Sorge. Ich betete, dass ich morgen alles zumindest ein bisschen klarer sehen würde.

KAPITEL 13

Ich bin mir nicht sicher, was ich von meinem ersten Rodeoabend erwartet hatte. Alle meine Erinnerungen aus den Medien - den Dreck, die arbeitenden Menschen, das Bier - hatte ich in meinem Kopf vermischt. Ich stellte mir Männer in Wrangler-Jeans vor, die in der Arena warteten und wilde Tiere freiließen, während die Frauen und Freundinnen auf der wackeligen Tribüne saßen. Im Grunde genauso wie auf der Sterling Ranch, nur größer. Ich hatte mich entsprechend gekleidet: blaue Jeans, ein schwarzes Hemd und schwarze Stiefel. Aber als ich aus dem Jeep stieg und die Arena sah, blieb mir der Atem weg.

Ein riesiges Metallgebäude umgab die große Arena, die mich an ein Footballstadion erinnerte. Das Dach war offen, sodass der wolkenlose Himmel zu sehen war. Ich bezahlte mein Ticket und ging die Rampe hinauf, wo mir wieder die Kinnlade herunterfiel. Die wackeligen Tribünen waren in

Wirklichkeit kunstvoll gebaute Stadionsitze mit Kissen und Rückenlehnen. Energiegeladene Musik drang durch die modernen, riesigen Lautsprecher. Die Spannung stieg. Der Geruch von Essen lag in der Luft, vermischt mit Erde und Düngemittel. Ich sah mich im Stadion um, das sich immer mehr mit Menschen füllte. Alle trugen klassische Western-Kleidung. Ich suchte die Gruppe der Sterling Ranch, die nicht zu übersehen war. Alle trugen die orangefarbenen T-Shirts ihrer Ranch.

Ich kämpfte mich zu ihnen durch und freute mich darüber, dass Aaron und Sarah Sullivan auch auf der Tribüne waren. Ich setzte mich neben Sarah, die in ihrer rosafarbenen Bluse so hübsch wie eh und je aussah. Ich fragte sie nach dem Ablauf der Show.

"Normalerweise gibt es eine kleine Vorführung zu Beginn", erklärte Sarah. "Dann folgt das Stier-Fangen, das Blake übernimmt, dann Team-Lasso mit Aaron und Max und dann Rodeoreiten, was ..."

"Cody übernehmen wird", sagte ich besorgt. Sarah schien nichts zu bemerken, denn sie redete einfach weiter.

"Genau. Dann gibt es meistens eine Pause - vielleicht eine Attraktion für die Kinder - und danach Fassrennen und Bullenreiten."

"Alles klar", sagte ich. "Ich bin total überwältigt davon, wie viele Leute hier sind. Es müssen Tausende sein. Das hatte ich nicht erwartet."

Sarah lachte. "Na ja, das ist der Drei-Staaten-Rodeo-Event. Daher bin ich sogar etwas enttäuscht von der Anzahl. Aber das Stadion wird sicherlich noch voller."

Unsere Unterhaltung wurde dadurch unterbrochen, dass sich die Musik veränderte und der Ansager die Show eröffnete. Das Südtor öffnete sich, und etwas Buntes kam in die Arena. Es dauerte ein paar Sekunden, bis mir klar wurde, dass es sich um eine Frau in einem pink-türkis glitzernden Gymnastikanzug auf einem Schimmel handelte. Sie ritt mehrmals im Kreis, und die Menge jubelte. Dann vollführte sie Drehungen und Überschläge im Sattel und hielt sich elegant auf dem Pferd, fast ohne den Sattel überhaupt zu berühren. Mehrmals war sie so knapp über dem Boden, dass die Menge aufschrie. Dann stellte sie sich mit ausgebreiteten Armen auf das Pferd und grinste breit. Nun erkannte ich sie.

"So ein Mist!", fluchte ich, während alle klatschten und pfiffen. "Das ist ja April."

Sie stieg ab und schritt mit schwingenden Hüften durch die Arena.

Sarah sah mich überrascht an. "Sie kennen Sie?", fragte sie mich. Der Ansager, der die nächste Showeinlage ankündigte, übertönte fast ihre Stimme. Ich nickte.

"Sie ist vorgestern vorbeigekommen und hat Cody gesucht. Sie wollte ihm offenbar Mints vorbeibringen."

"Unglaublich", sagte Sarah und verdrehte sie Augen. "Cody hasst Minze. Das wissen alle. Und sie wüsste das auch, wenn es in ihrer Beziehung nicht ständig nur um sie gegangen wäre."

Ihre Worte trafen mich hart.

"B-Beziehung?", stotterte ich.

"Ja. Sie haben sich vor eineinhalb Jahren getrennt. Es heißt, dass sie ihn immer noch zurück will."

Ich leckte mir über die Lippen, die plötzlich ganz trocken waren. "War es ... ernst?"

Sarah sah mich neugierig an. "Ich denke schon. Aaron hat mir erzählt, dass April das einzige Mädchen war, dem Cody je sein Herz geschenkt hat. Aber sag bloß nicht, dass du das von mir weißt. Hey, alles klar? Du siehst aus, als ob du dich nicht gut fühlst."

Ich zwang mich zu lächeln. "Ich brauche nur ein bisschen Wasser. Ich bin gleich wieder da."

Als ich in der Vorhalle stand, atmete ich tief durch und versuchte, einen klaren Kopf zu bekommen. Was stimmte nur nicht mit mir? Cody hatte also eine Exfreundin. Eine wunderschöne, sexy, talentierte Exfreundin mit großen Brüsten und wahrscheinlich einer Menge Geld von Daddy.

Na und? Alle Leute waren der Ansicht, dass ich auf einer Skala von eins bis zehn mindestens eine Acht oder Neun war. Und ich verdiente mein eigenes Geld ... und hatte Talent. Warum trieb mich der Gedanke daran, dass Cody mal eine Freundin hatte, der er sein ganzes Herz geschenkt hatte, so in den Wahnsinn?

Weil er gelogen hat, sagte meine logische innere Stimme. *"Ich war nie wirklich mit einer Frau zusammen." Hatte er das nicht gesagt?*

"Ja", antwortete ich laut. "Genau das hat er gesagt."

Und warum sollte er das sagen - warum sollte er lügen - wenn er nicht immer noch Gefühle für sie hätte?

"Genau", sagte ich missmutig.

Aber schau dich nur selbst an. Du hast auch einen Ex, dem du noch keine klare Antwort gegeben hast, obwohl du schon mit Cody geflirtet hast, dem du nun auch keine großen Versprechen machen kannst.

"Alles klar, alles klar", sagte ich zu mir selbst. "Das sollte an Therapie für heute genügen."

"Mit wem redest du, Blondie?", hörte ich eine Frauenstimme, die mich zusammenzucken ließ. Ich sah Lacey, die ein atemberaubendes grünes Sommerkleid und braune Stiefel trug. Sie grinste mich an, denn sie hatte garantiert meine

Selbstgespräche gehört.

"Ich ... muss nur nachdenken", sagte ich einfallslos. "Kennst du solche Tage?"

"Schätzchen, ich habe jeden Tag so einen Tag", sagte sie und hakte sich bei mir ein, als wären wir alte Freundinnen. "Ich wollte dir eigentlich ein Bier ausgeben, aber ich glaube, du brauchst einen Whisky. Daher muss ich wohl meine Vorräte mit dir teilen."

Sie griff in ihre Tasche und holte einen Flachmann heraus.

"Jack Daniels?", fragte ich.

Lacey zwinkerte mir zu. "Nee. Lacey Carver."

Wir holten uns am Stand eine Cola, schütteten ein Drittel des Bechers aus und füllten den Rest mit Whisky auf. Ich fühlte mich wie ein ungezogener Teenager - schließlich durfte man keine eigenen Getränke mitbringen. Aber es war schön, eine Freundin gefunden zu haben, mit der man herumalbern und seine Sorgen vergessen konnte.

Als wir wieder die Arena betraten, hatte gerade ein Mann einen Stier mit einem Lasso eingefangen. Nun folgte die Team-Lasso-Show.

"Blake ist Zweiter", erklärte Sarah, als wir uns wieder zu ihr setzten. "Max und Aaron sind nur Siebte, daher sind sie gleich dran.

Wir beobachteten mehrere Männer dabei, wie sie Stiere mit einem Lasso einfingen und klatschten Beifall. Als Max und Aaron aus dem Tor schossen, fühlte ich, wie sich Lacey neben mir verkrampfte. Als sie das Tier fingen, stand sie auf und pfiff auf zwei Fingern, so laut wie kein anderer in der Arena. Ich tat es ihr gleich und musste grinsen, weil ich mit meiner Vermutung bezüglich Max offenbar richtig gelegen hatte.

Nun spannte ich mich an, denn die Lassoshow war vorbei.

Als Nächstes folgte das Rodeoreiten.

Cody war Dritter. Ich erschrak, als ich ihn hinter einem Tor warten sah. Er trug dicke schwarze Chaps, eine blaue Jeans und ein schwarzes Hemd. Ich hätte darüber gelacht, dass wir fast dasselbe anhatten, wäre ich nicht so nervös gewesen.

Der erste Cowboy war kleiner und stämmiger

als Cody und trug ein orangefarbenes Hemd. Er jagte blitzschnell aus dem Tor, hielt sich mit einer Hand am Sattelgriff fest und schwang wild in alle Richtungen. Das Pferd bockte und wand sich so sehr, dass der Reiter wie eine Marionette wirkte. Das bockige Tier drehte sich wild nach links und rechts, wodurch der Reiter in hohem Bogen abgeworfen wurde. Er fiel hart auf den Boden und rollte sich schnell zur Seite, damit die trampelnden Hufe des Pferdes ihn nicht trafen.

"Sechs Sekunden", sagte Lacey. "Nicht schlecht. Ooooh, schaut nur! Ronny ist als Nächstes dran. Komm schon, Ronny!"

Ronny, ein schlaksiger Typ, der höchstens achtzehn Jahre alt sein konnte, sah aus, als würde er sich gleich übergeben. Er stieg auf das schwarze Pferd mit dem weißen Gesicht und rutschte auf dem Sattel herum. Als sich das Tor öffnete, rannte sein Pferd los, schlug aus und steuerte direkt auf den Rand der Arena zu, wo er Ronnys Bein zwischen seiner Flanke und der Balustrade einquetschte. Ich meinte, ein knackendes Geräusch zu hören. Ronny glitt vom

Pferd, sein Gesicht war schmerzverzerrt. Das wild gewordene Tier trat weiter und erwischte seinen Oberkörper. Die Menge raunte. Ein Aufseher ritt mit seinem Pferd zwischen Ronny und das Tier. Ich erschauderte bei dem Gedanken daran, wie schwer er verletzt war. Und er war noch so jung.

"Scheiße", stöhnte Lacey. "Das was echt heftig."

Ich sah sie überrascht an, denn ich fand ihre Reaktion ein wenig zu gelassen. "Ich

nehme an, ein Krankenwagen ist in der Nähe?", fragte ich, ohne meinen Kiefer weit zu bewegen.

"Ja, aber Ronny kommt schon klar. Schau, er geht selbst aus der Arena."

Ich sah wieder hinunter. Ronny ging tatsächlich, beziehungsweise humpelte, vom Platz und hielt sich die Seite. Mit Sicherheit hatte er sich mindestens ein paar Rippen gebrochen. Ich presste die Zähne zusammen. Dieser Sport löste puren Stress in mir aus, auch wenn ich die meisten Reiter gar nicht kannte. Der nächste Reiter war allerdings alles andere als ein Fremder.

Cody setzte sich auf ein riesiges braunes Pferd, umfasste den Griff, während ich mich an meinem eigenen Sitz festklammerte. Ich wäre am liebsten zu ihm gerannt und hätte ihn überredet, abzusteigen.

Das Pferd bäumte sich auf, bevor es die Box überhaupt verlassen hatte. Vor Schreck schlug ich mir die Hand vor den Mund. Dann rannte das Tier los, verdrehte seinen Körper und bockte in alle Richtungen. Trat, riss den Kopf herum, wandte sich, änderte die Richtung. Cody hielt sich mit einer Hand an ihm fest, sein Körper schwang wild durch die Luft. Aber er war auf jede Bewegung des Pferdes vorbereitet, genau wie bei Dunny. Ich biss mir auf die Lippe. Nach acht Sekunden war er immer noch im Sattel und hatte damit den Rekord des Abends gebrochen.

"Er ist fertig, oder?", fragte ich Lacey mit angehaltenem Atem und versuchte, meine Panik zu überspielen. "Warum steigt er nicht ab?"

Sarah antwortete mir.

"Warte nur ab", sagte sie, legte eine Hand auf meinen Arm und deutete in die Arena.

Mir fiel auf, dass das Pferd nur noch halb so schnell bockte wie zuvor und immer langsamer wurde. Vielleicht war es erschöpft. Nein, war es nicht. Es fiel in einen Trab und blieb schließlich ganz stehen. Cody stieg ab und übergab das Pferd an einen Assistenten, der es wieder durch das Tor führte. Innerhalb von nur 16 Sekunden war es Cody gelungen, das Tier vollkommen zu beruhigen. Die Menge tobte.

"Ich muss zu ihm", stieß ich noch immer atemlos hervor. Weder Lacey noch Sarah sahen überrascht aus.

"Schnapp ihn dir, Mädel", rief Lacey mir nach, während ich die Treppe hinunterrannte und dann so schnell wie möglich durch die Außenhalle ging. Als ich endlich am Ende der Arena ankam, wo die Rösser hinein- und hinausgeführt wurden, teilte mir ein Sicherheitsmann mit, dass ich dort auf meinen Teilnehmer warten müsse.

"Er ... weiß aber nicht mal, dass ich hier bin", erklärte ich. "Kann ich nicht ..."

"Sorry, Ma'am. Ohne einen Reiter kommen sie hier nicht rein."

Ich wollte mich gerade umdrehen, als ich etwas Glitzerndes bemerkte. Das war vielleicht mein Backstagepass, auch wenn mir das nicht gerade gefiel

"April!", rief ich so fröhlich wie möglich. "Hey!"

Sie trug mittlerweile eine hautenge weiße Jeans, ein anliegendes lilafarbenes T-Shirt und dazu passende Stiefel. Natürlich. Sie kam zu mir herüber.

"Na, wenn das nicht die Reporterin aus der Großstadt ist", sagte sie zuckersüß. "Was machen Sie denn hier in der Redneck-Sektion, Schätzchen?"

Ich überging ihren sarkastischen Unterton, den ich mir vielleicht nur eingebildet hatte. Im Moment kam es nur darauf an, Cody zu sehen.

"Ich hatte gehofft, dass Sie mich reinlassen können, damit ich Cody gratulieren kann", sagte ich lächelnd und versuchte, meinen Blick nicht über ihren perfekten Körper wandern zu lassen. Jetzt war nicht der richtige Zeitpunkt, mein Selbstbewusstsein zu ruinieren.

April machte ein betrübtes Gesicht. "Ich würde Ihnen furchtbar gern helfen, aber ich glaube, es ist das Beste, wenn Sie da draußen bleiben, wo Sie hingehören."

Nun war die Fassade durchbrochen. Der Securitymann ging langsam weg, als ob er ahnte, was nun folgen würde und er nicht zwischen die Fronten geraten wollte.

"Besser für wen?", fragte ich vorsichtig und neigte meinen Kopf zur Seite. "Für Cody? Oder Sie?"

"Für alle", schoss April sofort zurück. Ihre Augen funkelten. "Niemand braucht Sie hier. Niemand will Sie. Sie sind nur eine Kuriosität zum Anstarren - wie alle Touristen. Sie bilden sich ein, nur weil Sie sich die richtigen Klamotten gekauft haben und sich im Sattel halten können, seien Sie nun eine von uns, aber das stimmt nicht. Sie werden nie dazugehören. Man gehört nur dazu, wenn man hier geboren wurde. Wir können förmlich riechen, dass Sie eine Außenseiterin sind. Und niemand wird Sie vermissen, wenn Sie wieder weg sind."

"Genauso wie man *Sie* nicht vermisst hat, als *jemand Sie* verlassen hat*?"*

Ihre Oberlippe zuckte. "*Ich* habe mich von

Cody getrennt, wenn Sie darauf anspielen. Und ich gebe zu, dass es ein Fehler war. Aber ..." Sie machte eine Pause, um ihr Haar über die Schulter zu werfen. "Fehler können behoben werden."

"Ich bin mir nicht sicher, ob es in Ihrem Fall eine Lösung gibt", fauchte ich und verschränkte meine Arme vor der Brust.

April lachte, und obwohl ihr Lachen vor Hohn triefte, klang es schön. *Sie* war schön. "Du glaubst, das ist ein Spiel, Schätzchen? Das ist schon okay. Aber ich bin gut in Spielen. Ich werde das Spiel gewinnen, so wie immer."

Am liebsten hätte ich durch das Gitter gegriffen und ihr büschelweise Haare ausgerissen, als sich jemand neben mir räusperte.

"Meine Damen", sagte Cody und kam auf uns zu. Der Ausdruck auf seinem Gesicht verriet, dass er zumindest Teile unseres Streits mitbekommen hatte. "Ich würde euch miteinander bekannt machen, aber ihr habt euch ja offenbar schon kennengelernt."

Ich errötete und schämte mich auf einmal für unseren Streit, aber April wurde gleich wieder ganz charmant.

"Ach du meine Güte, Cody!", quietschte sie und warf sich ihm in die Arme. "Du warst umwerfend. Ich habe mir beinahe die Hände wund geklatscht. War er nicht super, Tarryn?"

Sie schenkte mir ein breites Lächeln, ihre Arme waren immer noch um Codys Hals geschlungen, und sie zwinkerte mir zu. Genauso gut hätte sie sagen können: *Nur los - attackiere mich ruhig. Dann werden wir schon sehen, für wen er sich entscheidet.*

Ich zwang mich zu lächeln. "Oh ja", sagte ich schließlich und fühlte mich wie eine Schauspielerin in einem Theaterstück. "Mich hat noch nie etwas so beeindruckt - oder so erschrocken - wie das hier." Ich sah Cody an und hoffte, dass er mir glaubte, was ich sagte.

April lachte und ließ ihre Hände an Codys Brust hinabgleiten. "Ich sage ihm immer wieder, dass er mit mir zum National-Rodeo kommen soll - kannst du dir vorstellen, wie begeistert die Leute wären? Alle würden ihn sponsern wollen. Wir wären unbesiegbar - und berühmt!"

"Du meinst, Cody wäre berühmt", korrigierte ich sie. "Darüber bin ich mir ganz sicher. Aber ich bin mir auch sicher, dass es das Letzte ist, was er wollen würde."

Cody schenkte mir ein schiefes Lächeln; seine Augen waren nun auf mich gerichtet. Las ich Stolz in seinem Gesicht? Dankbarkeit? Mir wurde mit einem Mal bewusst, dass er Aprils Umarmung nicht erwidert hatte. Seine Hände hingen an den Seiten herunter, und er sah mich die ganze Zeit an. Mein Herz begann schneller zu schlagen.

"Danke für die Gratulation, April", sagte Cody und löste sich von ihr. Dann nickte er dem Securitymann zu, damit er das Tor für mich öffnete. "Wenn du uns bitte entschuldigen würdest." Er ging durch das Tor auf mich zu und hielt mir seine Hand entgegen. Als er sie in meine legte, umgriff er sanft meine Finger. In dem Moment kam es mir vor wie das schönste Gefühl der Welt. Es war besser als das Auto, das ich zu meinem 16. Geburtstag bekommen hatte. Besser als die Zusage für den Job bei *Life and Fashion*. Besser als der Heiratsantrag von Jason. Es war einfach das schönste, was ich jemals gefühlt hatte. Und die Tatsache, dass April uns mit offenem Mund dabei zusah, machte den Moment noch besser.

"Wartet!", rief April, als wir uns entfernten. "Ihr wollt doch noch nicht gehen, oder? In einer Viertelstunde mache ich beim Fässerreiten mit. Wollt ihr nicht zusehen?"

Ohne langsamer zu werden, drehte sich Cody zu ihr um und sagte: "Ich bin mir sicher, du gewinnst, April. Genau wie immer."

KAPITEL 14

Cody führte mich aus der Arena auf den Parkplatz und zu seinem Truck, ohne zu fragen, ob ich gehen wollte. Und wenn ich es mir recht überlegte, war das auch gar nicht notwendig. Ich wäre mit ihm überall hingegangen. Das "Wohin" war unwichtig geworden, genauso wie alle anderen Details meines Lebens. Wann war das nur geschehen? Alles, was wichtig war, war mit Cody zusammen zu sein. Das war so unglaublich und bizarr, dass ich fast gelacht hätte. Wann hatte ich aufgehört, Cody als mysteriösen, attraktiven, aber frustrierenden Mann zu sehen? Wann hatte mein Herz entschieden, was ich sagen würde, wenn ich Jason zurückrief? Hatte sich alles langsam aufgebaut? Waren meine Zweifel der Erkenntnis gewichen, dass er genau das tat, was er liebte und mich beschützen wollte? Oder hatte ich von Anfang an gewusst, dass ich mich in den Mann verlieben würde, als ich die dreckige kleine Bar betreten hatte?

Ich wusste es nicht. Aber als wir seinen Wagen erreichten, hörte er auf, mich zu führen und legte stattdessen seine Hände um meine Hüften, um mich sanft zurückzuschieben. Als mein Rücken am Auto lehnte, trat er näher an mich heran. Ich konnte seinen Duft wahrnehmen, und seine Hände lagen noch immer auf meinen Hüften, seinen Atem spürte ich an meiner Wange.

"Ich habe versucht, mich dagegen zu wehren", sagte er. Sein Gesicht war mir nun so nahe, dass ich vor Verlangen bebte. Ich leckte mir über die Lippen.

"Warum gibst du dann jetzt nach?", fragte ich neckisch. "Warum kämpfst du nicht weiter dagegen an?"

Er schüttelte langsam den Kopf. "Ich habe keine Wahl mehr."

Und dann küsste er mich.

Es war nicht zaghaft, sondern fordernd. Sein Kuss war fest, seine vollen Lippen pressten sich auf meine. Es mussten keine Fragen gestellt werden, denn die Antworten waren klar. Ich schlang meine Arme um seinen Hals, fuhr mit den Fingern durch sein Haar, drückte seinen Kopf zu mir herunter, öffnete meinen Mund weiter. Er schob sich noch näher an mich heran und stöhnte laut auf, als ich mich ihm entgegen drängte, meine Hüften gegen seine drückte und kreisen ließ. Seine Zunge spielte mit meiner und eine Hand glitt zu meinem Hintern hinunter. Mir wurde schwindelig. Ich schlang ein Bein um ihn, damit er meinen Oberschenkel greifen und sich mir noch weiter entgegenschieben konnte. Ich spürte, dass seine Lust wuchs und verfluchte innerlich die Kleidung, die mich davon abhielt, seine Haut an meiner zu spüren. Ich zog sein Hemd aus dem Hosenbund, ließ meine Hände über seinen breiten Rücken in seine Hose wandern.

Auf einmal schlang er die Arme um meine Taille und stoppte mich.

"Wir ... sollten das woanders fortsetzen", raunte er mit einem entschuldigenden Lächeln, aber leuchtenden Augen. Er war erregt. Er wollte mehr. So wie ich.

Ich nickte.

"Hast du an einen bestimmten Ort gedacht?", flüsterte ich heiser. Ich wollte ihn unbedingt weiter berühren und konnte kaum warten, es wieder zu tun.

"Ja", sagte er mit noch immer rauer Stimme und grinste. "Steig ein."

Wir fuhren durch den Ort, während mein Körper vor Erregung vibrierte. Ich war so high von dem, was gerade geschehen war und noch geschehen würde, dass ich es selbst nicht glauben konnte, als mir die gefährliche Frage, die den ganzen Abend ruinieren konnte, über die Lippen kam.

"Was war sie für dich?"

Es gab keinen Grund, ihren Namen zu erwähnen. Wir wussten beide, um wen es ging.

Einige Minuten lang war nur der Motor zu hören. Ich wartete und hasste mich dafür, die Frage gestellt zu haben. Aber ich wusste, dass ich es einfach hatte tun müssen.

Schließlich seufzte Cody.

"Sie war meine Freundin", antwortete er. "Kurz. Sechs Monate. Fast auf den Tag genau."

Ich biss mir auf die Lippe. "Als du gesagt hast, du wärst noch nie wirklich mit einer Frau zusammen gewesen ..."

"Habe ich es auch so gemeint." Cody sah mich ernst an und blickte dann wieder auf die Straße.

"Das verstehe ich nicht."

"Das kann ich mir vorstellen. Ich versuche, es dir zu erklären." Er nahm sich einen Moment Zeit, um seine Gedanken zu sortieren, bevor er fortfuhr. "April ist die Tochter eines reichen Futterplatzbesitzers. Unsere Väter sind miteinander ins Geschäft gekommen. Einmal war ich mit meinem Vater auf einem großen Bankett auf der Baxter Ranch. Dort habe ich sie kennengelernt. Sie schien nicht interessiert an mir zu sein. Ein paar Jahre später haben wir uns beim Rodeoreiten wiedergetroffen. Nicht bei dieser Veranstaltung, sondern bei einer kleineren. Und auf einmal verstanden wir uns super. So dachte ich zumindest. Wir begannen, miteinander auszugehen. Sie war oft wochenlang am Stück auf unserer Ranch. Und sie meinte, wir wären füreinander bestimmt."

"Und dann ...?", fragte ich, als er nicht weiterredete.

"Und dann hinterließ sie mir eines Tages einen Zettel, auf dem es hieß, sie hätte eine tolle Zeit mit mir gehabt, es sei aber vorbei. Sie ist noch am selben Tag bei Blake eingezogen."

Meine Kinnlade fiel herunter. "Bei *Blake?"*

Er nickte. "Hinterher habe ich herausgefunden, dass sie schon hinter Blake her war, bevor sie mich kennenlernte. Sie hat ein bisschen nachgeforscht und dabei herausgefunden, dass Blake immer genau das will, was ich habe. Tja, und dann hat sie sich an mich rangeschmissen. Sie hat also sowohl mich als auch ihn um den Finger gewickelt. Ihr Plan ist aufgegangen. Aber nicht lange."

Ich war sprachlos. April war mir von Anfang an nicht gerade sympathisch gewesen, aber dass sie so hinterlistig war, dass sie sogar nicht davor zurückschreckte, mit den Herzen anderer Menschen zu spielen, ließ mich erschaudern.

"Ich bin ... schockiert", sagte ich schließlich. "Ich hätte nicht gedacht, dass sie so geschmacklos mit dir Schluss gemacht hat. Nicht, nachdem ich sie heute mit dir gesehen habe."

"Sie verschwendet ihre Zeit", sagte Cody, halb zu sich selbst. "Ich bin über sie hinweg, und ich werde ihr garantiert keine zweite Chance geben. Hinterhältigkeit ist eine Eigenschaft, die sich nicht abschütteln lässt. Und das brauche ich nicht in meinem Leben."

Ich schluckte, weil ich mich nun fragte, was Cody wohl davon halten würde, was ich mit Blake getan hatte - oder was ich gerade mit Jason tat. Im Grunde hielt ich beide Männer hin. Zum Glück musste ich nicht lange darüber nachdenken, denn wir hielten an, und Cody sah mich mit leuchtenden Augen an, von Traurigkeit lag in seinem Blick keine Spur.

"Wir sind hier", sagte er grinsend. "Bist du bereit?"

Ich öffnete die Tür und stieg aus dem Truck. Als ich mich umsah, schlug mein Herz bis zum Hals.

"Ist das ein Bach?", fragte ich, als ich die Bäume sah, die sich in einer Reihe meilenweit über die Landschaft erstreckten. Ich hatte schon gelernt, dass ein Baum in dieser Gegend auf eine Wasserquelle hindeutete. Ich kicherte. "Willst du mich in ein Landmädchen verwandeln?"

Codys Grinsen wurde noch breiter, als er nach meiner Hand griff. Ich war wie elektrisiert von seiner Berührung.

"Nicht mal die Landmädchen kennen diesen Ort", sagte er, als würde er ahnen, dass ich darüber nachdachte, ob er mit April schon mal hier gewesen war. "Ich war noch nie mit jemand anderem hier."

Vorsichtig gingen wir durch das hohe Gras und dann durch die Bäume. Als wir endlich am Bach ankamen, zog ich erstaunt die Luft ein. Das war nicht nur irgendein Ort. Es war eine Stelle, die Cody geschaffen hatte.

Der Bach war ohnehin schon wunderschön. Er war ungefähr zehn Meter breit, was in diesem Teil des Landes recht groß war und voller Wasser. Der Strom hatte das Gestein am Ufer ausgehöhlt, und die Steine, die im Wasser lagen, waren mit der Zeit rund und hübsch geformt worden. Aber Cody hatte zusätzlich zu diesem Naturschauspiel noch etwas anderes geschaffen. Er hatte einen Damm gebaut, wodurch ein kristallklares Schwimmbecken entstanden war, gerade groß genug für zwei Leute. Neben dem Becken befand sich ein flaches Stück Land ohne Bäume, dessen Gras im Mondlicht schimmerte. Der perfekte Ort für ein Picknick, ob unter Sternen oder in der Sonne.

Oder für andere Dinge.

"Das ist wunderschön, Cody,", sagte ich bewundernd. "Und ziemlich romantisch." Ich lächelte ihn frech an. "Ich wusste gar nicht, dass du ein Romantiker bist."

Ich hatte erwartet, dass er erröten würde, aber in der Dunkelheit konnte ich es nicht genau erkennen. "Ich bin nicht romantisch", erwiderte er.

"Ich glaaauuube schon. Ich glaube, du, Cody Sterling, bist ein hoffnungsloser Romantiker, der sich hinter einer harten Schale versteckt."

Mit einem Mal umfasste er meine Beine und hob mich hoch.

"Wenn du mich noch einmal Romantiker

nennst, muss ich dich bestrafen", sagte er neckisch.

"Wie denn das?", fragte ich atemlos und wünschte mir nichts sehnlicher, als dass er mir die Kleider vom Leib reißen würde.

"Das musst du schon selbst herausfinden." Sein Blick durchdrang mich ebenso wie der erregte Klang seiner Stimme.

Ich sah ihn kurz an und fragte mich, wie er mich wohl bestrafen wollte. Jede Faser meines Körpers kribbelte.

"Du ...", sagte ich langsam und beobachtete, wie seine Augen und seine Lippen zuckten. "... bist ... ein ..."

Seine Muskeln schlossen sich um meinen Körper wie Schraubstöcke.

"Romant.....ahhhhh!"

Bevor ich das Wort aussprechen konnte, war er vom Ufer in das kleine Wasserbecken gesprungen, trug mich aber immer noch in seinen Armen. Er tauchte mit mir unter Wasser. In der Mitte war es tiefer, als ich erwartet hatte, und wir waren mehrere Sekunden unter Wasser, bevor wir wieder zur

Oberfläche schossen. Meine Kleidung klebte an mir, und meine Stiefel waren mit Wasser gefüllt. Obwohl ich Wasser spuckte, das nach Erde schmeckte, obwohl mein Herz vor Schreck und Kälte raste, fühlte ich mich sicher. So unendlich sicher. Es fiel mir schwer, Wut vorzutäuschen. Aber ich versuchte es trotzdem, denn ich wusste, dass es ihm gefallen würde.

"Ich nehme alles zurück", sagte ich und wischte mir das Wasser aus den Augen, strich mir das nasse Haar aus dem Gesicht und versuchte, nicht zu lachen. "Du ist kein bisschen romantisch. Du bist sogar ein ziemlicher Idiot."

"Na endlich", sagte Cody trocken, aber mit einem Lächeln in den Augen, bevor sein Gesicht wieder ernst wurde. "Eine Frau, die mich versteht."

Ich wollte sagen, dass ich ihn überhaupt nicht verstand, und dass mir das gefiel, und dass ich den Rest meines Lebens damit verbringen wollte, zu versuchen, ihn herumzukriegen. Ich wollte ihm sagen, dass ich von ihm gefesselt war, so sehr, dass ich nicht mehr wusste, was ich mit meinem Leben anfangen sollte - ich wusste nur, dass ich ihn wollte. Und so küsste ich ihn einfach.

Diesmal mussten wir uns keine Sorgen um neugierige Blicke machen oder dass jemand neben uns in sein Auto steigen könnte. Diesmal gab es nur ihn und mich, das Wasser und die Sterne. Ich wusste jetzt, dass ich ihn von Anfang an wollte, auch wenn er mich zur Weißglut getrieben hatte. Ich wollte seinen Körper, seinen Mund, seine Hände.

Während wir uns küssten, ließ er meine Beine langsam ins Wasser gleiten, fuhr mit den Fingern durch meine Haare und zog mich näher zu sich heran. Ich küsste ihn immer wieder und konnte nicht von ihm ablassen. Er berührte meinen Kragen.

"Du bist ja ganz nass", sagte er, was mich zum Lachen brachte.

"Ja", entgegnete ich und verdrehte die Augen. "Ich sehe wahrscheinlich äußerst attraktiv aus."

Cody runzelte die Stirn. "Tu das nicht", sagte er ernst und schüttelte den Kopf.

Verwirrt neigte ich den Kopf.

"Was?"

"Mach dich nicht selbst schlecht. Weißt du gar nicht, wie perfekt du bist?"

"I ... ich ...", stotterte ich. "Ich glaube ... perfekt ist vielleicht etwas übertrieben ..."

Er legte mir seinen Finger auf die Lippen und brachte mich zum Schweigen.

"Sei still", sagte er sanft. "Hände hoch."

Ich lächelte, aber tat, was er gesagt hatte. "Willst du mich verhaften?"

"So könnte man es nennen." Er zog mir das Hemd über den Kopf und warf es ans Ufer. "Aber ich glaube, du leistest keinen Widerstand."

"Ach, wirklich?"

Ich versuchte, mitzuspielen, aber als ich nun in Jeans und BH völlig durchnässt im Bach stand und er sein Becken so lustvoll an mich presste, fiel es mir schwer, mich zurückzuhalten. Mein Körper bebte, ich musste seine Haut einfach auf meiner spüren, und zwar sofort. Ich griff also nach seiner Gürtelschnalle, aber er schob meine Hand weg. Er lachte, neckte mich.

Das reicht, dachte ich und trat einen Schritt

zurück. *Wenn er nicht zulässt, dass ich ihn ausziehe, muss ich die Sache selbst in die Hand nehmen.*

Ich stemmte mich ans Ufer hoch, streifte meine Stiefel und Socken ab und stellte meine Füße auf das weiche Gras. Cody beobachtete mich vom Wasser aus. Seine Schultern bebten leicht beim Atmen und er sah mich mit großen Augen an, als ich mir die Jeans auszog. Ich lächelte ihn an, überrascht von meinem Mut, und öffnete meinen BH. Als er hinunterfiel, atmete er scharf ein und lächelte mit glänzenden Augen. Generell mochte ich es lieber, wenn das Licht ausgeschaltet war, denn ich schämte mich für meine Makel. Aber hier im Mondlicht, in dieser warmen Sommernacht fühlte ich mich, als sei ich genauso perfekt, wie Cody gesagt hatte.

Cody kam nun auch zu mir ans Ufer, zog seine Stiefel aus und zog das Hemd über seinen Kopf, ohne die Knöpfe zu öffnen. Nun zog ich die Luft ein. Sein muskulöser Oberkörper sah genauso umwerfend aus wie vor ein paar Tagen, als er mit dem Vieh gearbeitet hatte. Aber jetzt hatte er nur Augen für mich. Ich konnte in seinem Blick sehen, wie sehr er mich wollte, als er langsam auf mich zukam und dabei nasse Fußspuren auf dem Gras hinterließ. Als er die Hand um meine Taille legte, erschauderte ich.

"Sorry", flüsterte er.

"Wofür denn?"

"Meine Hände sind kalt."

Ich lachte leise und schüttelte den Kopf. "Nicht kalt. Nur ... stark."

Nun legte er auch die andere Hand an meine Taille und zog mich zu sich heran.

"Nicht so stark wie du", sagte er und küsste mich.

Endlich, *endlich* spürte ich seine Haut auf meiner - meine Brüste pressten sich an ihn, meine Finger wanderten über seine Bauchmuskeln, und ich war wieder einmal überrascht darüber, wie fest sein Körper sich anfühlte. Seine Hände wanderten auch über meinen Körper, erst an meiner Wirbelsäule entlang und schließlich an den Bund meines Slips.

"Du zuerst", flüsterte ich und griff nach seinem Gürtel. Diesmal ließ er es zu, dass ich den Knopf seiner Jeans und den Reißverschluss öffnete und ihm schließlich die Jeans auszog.

Enge Shorts.

Ich hatte mir schon gedacht, dass er sie tragen würde, dabei aber nicht auch nur ansatzweise geahnt, wie gut er darin aussehen würde. Wie sehr ich sie ihm ausziehen wollen würde.

"Ich weiß, dass du gern die Kontrolle übernimmst", murmelte Cody. Seine Lippen kitzelten dabei meine Wange. "Aber ich glaube, du wirst den Moment mehr genießen, wenn du damit aufhörst."

"Ach, wirklich?", fragte ich und versuchte einen klaren Gedanken zu fassen, während er meinen Hals küsste, meine Schulter und mein Schlüsselbein. "Und warum?"

Codys Augen funkelten neckisch und voller Lust. Er wirkte verführerischer als je zuvor.

"Das wirst du schon sehen", sagte er und küsste mich wieder. Dann zog er mich näher an sich heran und hob mich hoch, um mich vorsichtig auf dem Gras abzulegen. Die Grashalme kitzelten meine Haut, wodurch meine Sinne noch mehr zum Leben erwachten. Er küsste mich noch immer und zog mir den Slip aus. Er ließ sich Zeit, umfasste meinen Hintern, brachte mich dazu, ihm meine Hüften entgegenzuschieben. Ich suchte nach ihm, wollte ihn. Aber stattdessen zog er meinen Slip ganz herunter und rutschte ebenfalls an mir nach unten.

Als mir klar wurde, was er vorhatte, setzte ich mich auf, denn ich bekam plötzlich Panik.

"Das musst du nicht tun", sagte ich und hoffte, dass ich nicht allzu unsicher klang. "Mir gefallen ... auch andere ... Dinge."

Cody sah eine Sekunde lang wütend aus, aber dann wurde sein Gesichtsausdruck zärtlich - vielleicht sogar ein wenig mitleidig. Er sah aus, als wäre ihm gerade etwas unendlich Trauriges klar geworden.

"Er hat das nie für dich getan, oder? Er hat dir nie auf diese Art Vergnügen bereitet. Er hat nur von dir genommen."

Mein Gesicht glühte. Warum schämte ich mich plötzlich so? Weil er recht hatte? Weil Jason mir immer gesagt hatte, dass er das, was Cody nun vorhatte, lieber nicht tat? Ich schüttelte den Kopf, sagte aber nichts und konnte Cody auch nicht in die

Augen sehen.

"Hey", sagte er und wartete, bis ich ihn wieder ansah. "Vertraust du mir?"

Ich nickte. Und das stimmte auch. Mir wurde mit einem Mal klar, dass ich ihm sogar vollkommen vertraute.

"Okay. Dann solltest du wissen, dass ich davon schon träume, seit du mir am ersten Abend befohlen hast, dich zur Ranch zu fahren." Ich wollte protestieren, aber er fuhr fort. "Ich will es tun - für dich und auch für mich. Es geht nicht darum, wer etwas für wen tut. Das ist das Gleiche für mich. Dein Vergnügen ist mein Vergnügen. Also entspann dich und erlebe etwas, das du noch nie erlebt hast."

Oh bitte!

Ja!

Ich nickte, und dachte darüber nach, dass Cody statt Cowboy genauso hätte genauso gut Dichter sein können.

"Okay", flüsterte ich und zitterte vor Nervosität und Vorfreude. Cody lächelte und küsste die Innenseite meines Oberschenkels, was mir einen

Schauer über den Rücken laufen ließ.

"Gut", sagte er und küsste meinen anderen Oberschenkel, diesmal höher. Ich spannte meine Muskeln an. Zwei weitere Küssen folgten, und dann landeten seine Lippen dort, wo ich sie mir am meisten wünschte. Ich schloss die Augen und seufzte, als seine Zunge über die empfindlichste Stelle zwischen meinen Beinen kreiste. Neue Empfindungen strömten in Wellen durch meinen ganzen Körper. Meine Hände umklammerten das Gras, während er weitermachte und meinen Hunger nach mehr stillte.

"Oh Gott", stöhnte ich und fühlte, wie meine Lust immer stärker wurde. "Hör bitte nicht auf. Bitte hör nicht auf."

Und er hörte nicht auf. Stattdessen bewegte er seine Zunge nun schneller. Als ich endlich kam, war mein Höhepunkt so intensiv, dass ich aufschrie, mich aufbäumte und die Welt um mich herum zu explodieren schien.

Einen Moment lag ich einfach nur da, vollkommen außer Atem, und versuchte das zu begreifen, was gerade geschehen war. Schließlich öffnete ich die Augen und stützte mich auf die Ellbogen, um Codys Gesicht zu sehen. Er hockte immer noch vor mir und beobachtete mich. Auch er war außer Atem. In seinen Augen spiegelte sich genau wie in meinen eine starke, intensive Lust. Eine Lust, die ich noch nie gekannt hatte und die alles mit sich zu reißen drohte.

"Du bist so wunderschön", sagte er zu mir, seine Stimme war heiser vor Emotion. "Ich will dich so, so sehr."

Meine Augen wanderten an seinem vollkommenen Körper entlang und fanden den Beweis für seine Worte. Voller Begehren leckte ich mir über die Lippen.

"Dann nimm mich", sagte ich atemlos.

Die Lust in Codys Blick intensivierte sich, während er nach vorne kroch, mich hinunterdrückte und mich so heftig küsste, dass ich vor Verlangen laut aufstöhnte. Ich fuhr mit den Händen über seine Brust, hinunter zu seiner Shorts und schob sie voller ungeduldig über seine Hüften. Cody befreite sich mit ebenso fahrigen Bewegungen schließlich ganz aus der störenden Hose, und nun trennte uns endlich nichts mehr voneinander. Als er in mich eindrang, fühlte es sich an, als würde die Welt stillstehen. Seine Zunge spielte mit meiner, seine Hände liebkosten meine Brust, seine Männlichkeit bewegte sich in einem langsamen Rhythmus in mir. Mir wurde schwindelig vor Lust. Ich drängte ihm meine Hüften entgegen, ließ ihn schneller und härter zustoßen. Er stöhnte laut auf, was mich nur noch mehr erregte. Ich schob ihn weg und drückte ihn auf den Rücken, um mich dann auf ihn zu setzen. Er sah erst überrascht und dann erregt aus.

"Ich hätte nicht gedacht, dass es mir nochmal zugute kommen würde, dass ich dir reiten beigebracht habe", scherzte er.

Statt zu antworten, ließ ich meine Hüften kreisen. Cody wurde sofort still und zog scharf die Luft ein.

"Oh bitte", stöhnte er und verdrehte die Augen. Mir gefiel der Ausdruck auf seinem Gesicht und dass ich ihn so tief in mir spürte.

"Warum hast du mir dein Pferd gegeben?",

fragte ich, während ich meine Hüften vor und zurückbewegte. Cody gelang es kaum, einen klaren Satz zu formulieren. Als ihm das klar wurde, setzte er sich auf und hielt mich fest. Wir sahen uns tief in die Augen, völlig außer Atem. Er schüttelte leicht den Kopf.

"Ich wusste doch, dass du noch nie davor auf einem Pferd warst. Ich wusste nicht, wie du dich schlagen würdest. Kiera habe ich dir gegeben, weil ich wollte, dass du sicher bist, wenn ich nicht in deiner Nähe sein kann, um dich zu beschützen."

Mein Herz schwoll vor Freude an. Die ganze Zeit hatte er mich beschützt - als würde ich zu ihm gehören. Und heute Nacht tat ich das endlich.

"Na ja", jetzt bist ja in meiner Nähe."

Er lächelte und bewegte sich weiter. Ich hielt die Luft an. "Ja", flüsterte er. "Das bin ich."

Ich stützte mich an seiner Brust ab, streckte meinen Rücken durch und bewegte meine Hüften, bis wir beide gleichzeitig kamen und dann im Gras zusammensanken.

KAPITEL 15

Ich erwachte vor Sonnenaufgang in meinem eigenen zerwühlten Bett und erinnerte mich sofort an die aufregende Nacht. Die angenehme Spannung zwischen uns auf der Fahrt zurück zur Ranch. Die gemeinsame Dusche, um den Dreck und das Gras abzuwaschen. Die zweite Runde Intimität, diesmal an der Wand und in den kühlen Laken meines Bettes. Seine Hände auf meinem Körper. Seine stechend blauen Augen. Meine Erinnerungen waren so lebhaft, dass mein Körper sofort wieder reagierte, aber da Cody schon gegangen war, verdrängte ich meine Gedanken mit einer Dusche. Unter dem Wasserstrahl wurde mir auf einmal klar, dass ich sang - und zwar ein furchtbar schnulziges Liebeslied. Etwas, das mir gar nicht ähnlich sah. Normalerweise stand ich eher auf etwas düsteren Blues.

Aber dann erkannte ich, dass es mir sehr wohl ähnlich sah, dass es nur eine andere Version von mir war, eine, die ich seit Längerem nicht mehr gesehen hatte. Ich war verrückt, aufgeregt, glücklich, lächerlich, und ich liebte es. Ich erinnerte mich daran, dass ich mich schon mal so gefühlt hatte, in den ersten Tagen nach unserer Verlobung. Aber selbst damals hatte ich mich nicht so gut gefühlt wie jetzt. Ich hätte einfach loslaufen können - meilenweit.

Und das tat ich auch, obwohl ich gerade erst geduscht hatte.

Es war das erste Training, seit ich hier angekommen war. Meine Muskeln mussten sich erst wieder an die Bewegungen gewöhnen, aber ich merkte, dass sie mir gut taten. Ich lief schnell, aber entspannt, genoss das Gefühl von Kies unter meinen Schuhen und die meilenweite Freiheit, die sich vor mir erstreckte und die ich seit Jahren nicht mehr empfunden hatte. Viel zu oft hatte ich mir bisher darüber Gedanken gemacht, was ich tun musste und tun sollte. Ich hatte ganz vergessen, wie gut es sich anfühlte, einfach das zu tun, was ich wollte. Als die Sonne am Horizont erschien, tat ich noch etwas, das ich noch nie getan hatte. Ich beobachtete den

Sonnenaufgang.

Schließlich drehte ich mich um und stellte fest, dass ich mich noch gut an den Rückweg erinnerte, auch wenn die Orientierungspunkte nicht allzu deutlich waren. Ich war am Zaun links abgebogen, genau dort, wo ein paar violette Blumen wuchsen. Ich gewöhnte mich an diese Welt. Ich verstand sie.

Als ich die Einfahrt erreichte, sah ich eine Staubwolke, die genau auf mich zukam. Ich sprang zur Seite, um das Fahrzeug durchzulassen. Der Fahrer winkte mir zu; es war Mr. Torbreck. Sofort wurde ich misstrauisch. Ob Blake sich daran erinnert hatte, was er mir gegenüber zugegeben hatte? Hatte er ihn zur Ranch bestellt, um ihm ein weiteres Ultimatum zu stellen? Und wie sollte ich nur herausfinden, was sich hier gerade abgespielt hatte?

Aber mit einem Mal wusste ich wie, denn eine zweite Staubwolke folgte.

"Hey! Was geht, Isaac?", fragte ich, als Codys Bruder anhielt. Er setzte einen Fuß von seinem Motorrad auf dem Boden ab. Ich ging auf ihn zu und blieb vor ihm stehen. Lächelnd stützte ich eine Hand in die Hüfte. "Wohin geht es denn so früh am Samstagmorgen?"

"Zum Parcours nördlich des Highway 80. Carson Stimmel und ich haben ihn selbst gebaut. Na ja, sein großer Bruder Mitch hat ihn gebaut, aber wir haben ihn geplant und den letzten Schliff übernommen. Es macht echt Spaß, wenn Sie es mal ausprobieren wollen." Er deutete auf sein Motorrad, und ich lachte.

"Wenn man bedenkt, dass ich vorher noch nie ein Pferd angefasst habe und nun über Weiden galoppiere, habe ich glaube ich fürs Erste genug geleistet", sagte ich, und Isaac grinste mich an, wobei er Cody zum Verwechseln ähnlich sah. "Übrigens ist gerade Mr. Torbreck an mir vorbeigefahren. Was macht der denn so früh auf der Ranch?"

"Kennen Sie Tory?", fragte er überrascht. Ich lachte und widerstand dem Drang, durch seine Haare zu wuscheln.

"Ja. Ist er mit deiner Mutter befreundet?"

"Nicht wirklich. Aber er ist ihr Anwalt. Und auch der Anwalt von jedem anderen hier.

Wahrscheinlich haben sie über Geschäfte gesprochen."

Ein eiskalter Schreck durchfuhr mich. Ich hätte schon viel eher darauf kommen sollen. Mr. Torbreck war Anwalt. Und zwar nicht nur irgendeiner, sondern LuAnns Anwalt. Das war groß. Das könnte meine gesamte Story sein.

"Isaac", sagte ich vorsichtig, während Adrenalin durch meinen Körper floss. "Ich hoffe, ich trete dir damit nicht zu nahe, aber warst du eigentlich dabei, als dein Vater sein Testament geschrieben hat?"

Isaac nickte verwirrt. Offenbar bemerkte er nichts. "Ja, ich war dabei, aber ich erinnere mich nicht an viel. Ich weiß nur noch, dass ich schrecklich müde war."

"Okay", sagte ich. "Natürlich warst du das. Aber erinnerst du dich, ob ... Mr. Torbreck derjenige war, der alles geregelt hat?"

"Jep. Er hat mir damals Geld für ein Snickers vom Automaten gegeben. Ich sah wohl ziemlich traurig aus."

"Wie nett von ihm", murmelte ich. Meine Gedanken rasten. "Isaac, ich will dich nicht länger aufhalten. Ich muss unter die Dusche und dringend jemanden anrufen."

"Ich kann nicht glauben, dass du das alles herausgefunden hast!", rief Lacey nun schon zum siebten Mal mit großen Augen. "Tory und das Testament und Blake ... das ergibt alles Sinn!

Wir saßen in einer der Sitzecken im Hinterraum der Bar. So früh am Morgen war der Laden noch nicht geöffnet. Die Stühle standen noch umgedreht auf den Tischen, die Türen waren abgeschlossen. Lacey hatte vorgeschlagen, dass wir uns hier treffen, weil uns dort niemand belauschen konnte. "Außerdem sollte man Klatsch und Tratsch immer persönlich erfahren", hatte sie gemeint.

Ich nickte und nahm einen weiteren Schluck von dem furchtbaren Kaffee, den sie mir hingestellt hatte. Ich bemühte mich, nicht das Gesicht zu verziehen. "Es ergibt wirklich alles Sinn. Cody hat selbst gesagt, dass Blake immer das will, was er hat. Als James Sterling starb, hat Blake dafür gesorgt, dass er die Hälfte bekommt. Und als Mr. Torbreck sich nicht darauf einlassen wollte, hat er ihn offenbar zu einem Glücksspiel überredet und ihn gezwungen, das Gesetz zu brechen."

"Das ist vielleicht ... eine Scheiße. Und das hast du alles selbst herausgefunden. Du bist ... eine Spitzendetektivin."

Ich runzelte die Stirn und fuhr mit dem Finger über den Rand meiner Tasse. "Das stimmt nicht. Ich weiß ja nicht mal, ob das wirklich die Wahrheit ist. Ich habe Blakes Geständnis nicht aufgezeichnet - die Musik war zu laut, sogar hier im Hinterraum. Und was das Testament betrifft ... ich habe keinerlei Beweis dafür, dass Blake sich eingemischt hat. Wenn ich Cody davon erzählen würde, würde er mir bestimmt vorwerfen, dass ich eine typische Großstadtreporterin bin, die versucht, Ärger zu machen. Die Geschichten erfindet, wo es keine gibt. Und ich will die Sache mit ihm nicht ruinieren."

Ich hatte eigentlich geglaubt, Laceys Augen

könnten gar nicht mehr größer werden vor Staunen, aber nun wurde ich eines Besseren belehrt.

"Die Sache?", fragte sie. "Heißt das etwa, dass du und Cody ...?"

Ich versuchte mir ein Lächeln zu verkneifen. Lacey stieß einen kleinen Schrei aus.

"Ich wusste, dass ihr beide euch gut verstehen würdet!", rief sie. "Ich wusste es, ich wusste es! Direkt von Anfang an, ihr gehört einfach zusammen. Irgendwie passt ihr einfach zusammen."

"Wo wir gerade beim Thema sind", lachte ich. "Hat sich dir ein gewisser junger Mann genähert? Ich habe ihm nämlich ein paar Ratschläge gegeben."

Mit erhobenem Kinn sah mich Lacey an. "Wir haben am Freitag vielleicht unser erstes richtiges Date." Sie konnte die Freude in ihrer Stimme nicht verbergen.

"Das ist super, Lace. Ich freue mich für euch."

"Ich mich auch", sagte sie. "Aber da es bis Freitag noch ein bisschen hin ist und du ein größeres Problem hast, sollten wir uns wieder dem Thema widmen."

Ich runzelte die Stirn. "Ich wünschte, ich hätte einen Plan, aber da ich keine Beweise habe, muss ich mich auf unausgereifte Theorien stützen."

Lacey zuckte mit den Schultern. "Warum holen wir uns nicht eine Kopie des Testaments aus dem Amt? Man könnte die Unterschrift analysieren lassen"

Ich schaute sie blinzelnd an.

"Was?", fragte sie abwehrend. "Ich schaue auch ab und zu *Law and Order*. Wir haben hier auch Satellitenfernseher, weißt du?"

"Jetzt weiß ich es", sagte ich lachend. "Und ich finde die Idee super, dass wir uns eine Kopie holen. Aber danach sollten wir anders vorgehen. Wir müssen kein Geld für eine Schriftanalyse ausgeben. Wir müssen Blake nur dazu bringen, dass er glaubt, wir hätten es getan. Und ich glaube, ich weiß auch schon, wen ich dafür anrufen muss."

Grinsend schlug Lacey auf den Tisch. "Verdammt, ich bin froh, dass ich dich getroffen habe, Mädel. Ich habe mich noch nie so verschlagen gefühlt. Wen rufst du denn an?"

Ich leerte meinen Kaffee und verzog das Gesicht.

"Sein Name ist Jason", sagte ich. "Er ist mein Ex-Verlobter."

KAPITEL 16

Ich gebe zu, dass ich vor Aufregung kaum atmen konnte, als ich Jason vom Flughafen abholte. Er sah genauso aus, wie ich ihn in Erinnerung hatte - groß und schlank mit braunem vollem Haar und einer Brille, die ihn aussehen ließ wie Clark Kent. Ich erinnerte mich an unser gemeinsames Leben und was ich mir erträumt hatte. In diesem Moment vermisste ich ihn und wollte ihn zurück.

Aber dann begann er zu sprechen.

"Ich verstehe immer noch nicht, warum ich den ganzen Weg hierher fliegen musste, um mir anzuhören, was du zu sagen hast. Hätte das nicht warten könne, bis du wieder da bist? Ich meine, versteh mich nicht falsch. Ich freue mich, dich zu sehen. Ich weiß nur nicht recht, warum ich so viel Zeit aufbringen muss. Ich habe ein sehr wichtiges Projekt - ich weiß nicht, ob ich dir davon schon erzählt habe, aber ich habe einen Kunden in Santa

Monica, der mir tierisch auf die Nerven geht ..."

Er redete immer weiter. Ich fuhr einfach, nickte gelegentlich und fragte mich, wie ich diesen egoistischen Idioten jemals hatte lieben können, der nun neben mir saß, weil ich ihn für meine Zwecke missbrauchen wollte.

".... und außerdem hast du immer noch nicht meine Frage beantwortet. Warum musste ich denn extra anreisen, damit du mir was dazu sagst?"

"Ehrlich gesagt, Jason", setzte ich an und bemühte mich, charmant zu klingen, "möchte ich wirklich mit dir reden, aber zuerst musst du mir einen Gefallen tun. Ich brauche deine Hilfe, um jemanden auszutricksen."

Sein Gesichtsausdruck veränderte sich genauso, wie ich es erwartet hatte. Jason war nämlich felsenfest davon überzeugt, dass er ein großartiger Schauspieler war. Er hatte sogar kurz Theater studiert, bevor er sich auf Finanzen konzentriert hatte. Eine Tatsache, von der er immer noch glaubte, dass sie mir nicht bekannt war.

"Das ist das Interessanteste, was du gesagt hast,

seit ich angekommen bin. Wen willst du denn austricksen?"

Ich biss die Zähne zusammen. War er immer schon so herablassend gewesen? Hatte ich es einfach ignoriert? Es tat nichts zu Sache. Ich brauchte ihn hier, und ich spielte einfach meine Rolle. Ich erklärte ihm meinen Plan und beendete die Geschichte gerade, als wir in die Einfahrt fuhren. Jason fuhr zusammen, als er den Viehalarm hörte.

"Was zur Hölle war das denn?", fragte er und errötete vor Scham.

Ich hätte fast laut gelacht.

"Keine Sorge", sagte ich nur, ohne es ihm zu erklären. "Konzentrier dich einfach auf das, was ansteht. Und anschließend reden wir über unsere Zukunft."

Als wir zur Ranch kamen, bemerkte ich, dass alle Vans weg waren. Wahrscheinlich wurden die nächsten Touristen abgeholt. Die erste Gruppe war gerade abgereist. Es kam mir merkwürdig vor, dass ich erst seit einer Woche hier war. Es war so viel geschehen, und ich fühlte mich so viel jünger.

Wenn alle weg waren, konnte ich meinen Plan zumindest in Ruhe ausführen. Ich parkte den Jeep und sah mich um. Ich seufzte erleichtert, als ich Laceys Wagen hinter mir in die Einfahrt biegen sah. Gemeinsam mit Mr. Torbreck stieg sie aus und kam zu uns auf die Veranda der Lodge. Ich fragte mich, welche Lüge sie ihm aufgetischt hatte, um ihn davon zu überzeugen, herzukommen.

"Hey Tarryn!", rief Lacey, als sie mich sah. "Ich hoffe, es ist okay, dass Mr. Torbreck dabei ist, wenn wir gleich deinen Abschied feiern. Es machte in meinen Augen einfach Sinn, weil er dir am Anfang alles gezeigt hat."

Ich lächelte. Natürlich würde ich in Wahrheit erst in ein paar Wochen abreisen. Aber das wusste Mr. Torbreck nicht.

"Ich glaube, LuAnn will sich mit uns allen im Konferenzraum treffen", sagte ich nervös. Was, wenn es nicht funktionieren würde? Was, wenn Blake und Cody nicht dort wären, so wie ich sie gebeten hatte? Ich hatte keine Ahnung, was geschehen würde. Ich wusste nur, dass ich die Sache gerade rücken wollte - für den Mann, der mir in der kurzen Zeit so sehr ans Herz gewachsen war. Die Angst, zu versagen, ließ Panik in mir aufsteigen.

Aber als wir in den Raum traten, saßen Blake und Cody da und warteten auf uns. Es war Zeit für unsere Show.

"Ein bisschen klein für eine Party ...", sagte Mr. Torbreck, dem nun langsam aufging, days wir ihn hereingelegt hatten.

Cody runzelte die Stirn, sah dann Mr. Torbreck, Lacey, mich und Jason an. Er betrachtete Letzteren voller Verwirrung und Neugier.

"Was geht hier vor sich?", fragte er und stand auf. Ich fragte mich, ob das alles ein großer Fehler gewesen war. Aber jetzt war es zu spät.

"Ich habe euch alle hierher gebeten - oder in Mr. Torbrecks Fall reingelegt - weil ich ein Geheimnis über die Ranch herausgefunden habe, das alle erfahren müssen. Es geht darum, wem die Ranch wirklich gehört."

Nun erhob sich Blake wütend und ließ seinen

Blick von einem zum anderen wandern. Er sah so gut aus wie eh und je, aber ich sah nun sein wahres Ich. Er war egoistisch, manipulativ und unehrlich.

"Ich weiß nicht, was du glaubst, herausgefunden zu haben, Tarryn", sagte er mit nervöser Stimme. "Aber das müssen wir bestimmt nicht hier und jetzt besprechen ..."

"Jetzt ist sogar der perfekte Zeitpunkt dafür", sagte ich und hob entschlossen den Kopf. "Ich habe mitbekommen, wie du Mr. Torbreck bedroht hast, daher habe ich dich ausgehorcht, um herauszufinden, weswegen. Du hast ihn dazu gebracht, sein ganzes Vermögen zu verspielen, damit du ihn zu deinen Zwecken benutzen kannst."

Blake wurde mit einem Mal alles klar. "Deswegen hast du mir an dem Abend so viele Drinks spendiert", sagte er. "Du hast mich nur ausgenutzt."

"Genauso wie du andere ausgenutzt hast", sagte ich. "In der Tat."

Mr. Torbreck entwich ein keuchendes Geräusch. Der arme, stämmige Mann hatte Schweißperlen auf der Stirn, und er griff sich an den

Hemdkragen, als würde er sich am Leben festkrallen. Er sah aus, als würde er jeden Moment ohnmächtig werden. Lacey hielt ihn am Ellbogen fest. Ich aber wandte mich wieder Blake zu.

"Ich konnte mir am Anfang keinen Reim darauf machen, welche Rolle du hier auf der Ranch spielst, aber nachdem ich mit LuAnn gesprochen hatte, ist mir alles klar geworden. Sie hat mir etwas ganz anderes über deine Beziehung zu James Sterling erzählt. Er hat dich nicht geliebt, er hat dich nur toleriert. Für LuAnn. Er hätte also niemals sein Testament für dich geändert. Du wolltest dir aber die Hälfte des Besitzes unter den Nagel reißen, und du warst skrupellos genug, um die Wünsche deines verstorbenen Onkels zu ändern, um das zu bekommen, was du wolltest. Und das war einfach, weil du so viel Macht über den Anwalt hattest, der sich um das Testament kümmerte."

Blake biss die Zähne zusammen und schüttelte den Kopf. "Ich habe nichts mit dem Testament gemacht, Tarryn. Ich habe nichts verändert. Du weißt nicht, wovon du sprichst."

Wut kochte in mir hoch. Ich hatte gewusst, dass er alles abstreiten würde - alles, was er gestohlen hatte. Und dennoch machte es mich wütend, dass er nicht aufgab. Aber ich war vorbereitet.

"Ich weiß sehr wohl, wovon ich spreche, Blake, und das kann ich sogar beweisen."

Ungeduldig winkte ich Jason nach vorn. Er trat neben mich und holte zwei Blätter aus seinem Aktenkoffer hervor.

"Ich habe mir die Freiheit genommen, eine Kopie des Testaments anzufordern und es gemeinsam mit einer Schriftprobe von Mr. Sterling meinem guten Freund Mr. Jason Morrell zuzusenden." Als ich Jasons Namen erwähnte, flog Codys Kopf zu mir herum. Ich wusste, dass er sich noch an den Namen erinnerte, als er mein Telefonat in der Scheune gehört hatte. Ich hoffte, dass er wusste, dass ich keine Spielchen mit ihm spielte, so wie April es getan hatte. Ich fuhr fort.

"Jason und ich kennen uns seit langer Zeit. Wir kooperieren regelmäßig miteinander. Er ist übrigens auch Handschriftanalytiker."

"Ich habe den Beweis dafür, dass die Unterschrift auf dem Testament von Mr. James Sterling gefälscht ist", sagte Jason herrisch und schubste mich fast aus dem Weg, um seine Rolle zu spielen. "Das ist äußerst ungünstig für die Person, die sie gefälscht hat ..." Er blickte zu Blake hinüber. "Denn das kann einem bis zu 25 Jahre Haft bescheren. Ein Mann wie Sie würde genau in dem Alter entlassen werden, wo ihm der Charme und das gute Aussehen ausgehen."

Blake trat einen Schritt vor. "Ich habe doch gesagt, dass ich das Testament nicht angerührt habe ..."

"So ein Schwachsinn, Blake", sagte ich wütend. "Du bist der Einzige, der etwas davon gehabt hätte. Wer sonst sollte denn einen Vorteil davon haben?"

Hinter mir ertönte eine leise Stimme.

"Ich. Ich habe es getan."

Wir alle drehten uns um und sahen LuAnn im Türrahmen stehen. Sie hatte offenbar alles mit angehört. Sie ließ die Schultern schlaff hängen und von ihrer sonst so fröhlichen Art war nichts übrig. Sie sah unglaublich erschöpft aus. Ich sah sie mit offenem Mund an.

"*Sie* haben das Testament geändert?", rief ich überrascht. "Aber warum? Sie haben Ihren eigenen Söhnen den Besitz geraubt!"

LuAnn nickte traurig. "Ich ... ich wollte einfach, dass Blake etwas hatte, wofür er sich leidenschaftlcih einsetzen würde. Ich wollte, dass er hierbleiben konnte und nicht in Ärger geriet. Ich liebe ihn so wie meinen eigenen Sohn. Das wurde mir klar, als James starb und alles Cody und Isaac vermacht hatte. Blake hätte sich hier nicht mehr willkommen gefühlt, und er wäre bestimmt auf die schiefe Bahn geraten. Vielleicht wäre er im Gefängnis gelandet - oder tot in der Gosse. Also habe ich das Testament geändert, und Blake ist wieder zu uns gezogen. Aber dann hat Mr. Torbreck Verdacht geschöpft und beschuldigte Blake genauso wie Sie eben. Blake hätte mich verraten können, aber er hat mich geschützt."

"Indem er Tory *erpresst* hat", fügte Lacey ungläubig hinzu. "Was ist das denn für ein kranker

Scheiß?"

"Ich weiß, es war nicht richtig, aber damals war es unsere einzige Option." Mit Tränen in den Augen wandte sich LuAnn an Cody, der still dastand. "Es tut mir leid, mein Sohn", sagte sie. Eine Träne rann an ihrer Wange hinab. "Ich wollte dir nicht deine Träume rauben. Ich dachte nur ..."

"Dass ich deine Wünsche nicht respektieren würde", beendete Cody ihren Satz. "Dass ich mich nicht um Blake kümmern würde, so wie du mich gebeten hast."

"Ich hatte einfach solche Angst, dass du ihn wegschicken würdest."

"Wie sich herausgestellt hat, habe ich ihn nun schon ziemlich lange hier wohnen lassen. Ich habe schon vor sechs Monaten herausgefunden, dass das Testament gefälscht war."

"Was?", fragte ich und sprach damit für alle andere im Raum. "Warum hast du denn nichts unternommen?"

Cody sah mich an. Auf seinem Gesicht zeichnete sich ein sanftes Lächeln ab.

"Ich weiß, du bist eine Frau, die gerne Taten sprechen lässt, Tarryn, aber ich musste auch an andere Menschen denken. An Blake zum Beispiel. Er führt sich wirklich oft auf wie ein Arschloch, aber er gehört zur Familie, und er war hier immer willkommen. Und dann ist da noch Ma. Ich wusste, dass sie Blake gerne hier hat. Auch wenn sie glaubte, dass ich Blake wegschicken würde, hätte ich ihr niemals das Herz gebrochen. Und schließlich Mr. Torbreck. Seine Frau hat offenbar damit gedroht, ihn zu verlassen, wenn er nochmal sein ganzes Geld aufs Spiel setzt. Wenn ich ihn verraten hätte, hätte ich seine Ehe ruiniert. Und ich war mir nicht sicher, ob ich wirklich bereit für so einen Schritt war."

Ich sah Mr. Torbreck an, der nun müde lächelte.

"Ich bin ein Wrack, falls Ihnen das noch nicht aufgefallen ist", sagte er.

Das war mir aufgefallen. Aber ich sagte es nicht. Stattdessen wandte ich mich wieder an Cody.

"Was willst du denn jetzt machen? Jetzt, wo ich dich ... äh ... praktisch gezwungen habe, etwas zu unternehmen?"

"Ich denke", meinte Jason, den ich schon fast vergessen hatte, "dass es eine gute Lösung für alle gibt."

Wir alle sahen ihn erwartungsvoll an.

"Mrs. Sterling will ihre Familie um sich scharen, Cody will das Land, das ihm zusteht, Blake will ... sorry ... was willst du, Blake?"

Blake hielt inne, suchte nach Worten.

"Ich schätze ... ich will das Geschäft führen. Mit den Touristen. Ich will das machen, was ich auch in den letzten drei Jahren gemacht habe. Ich will die Jungs glücklich machen. Ich ... ich will hier zu Hause sein."

Jason hätte fast die Augen verdreht. Aber er beherrschte sich. "Super", sagte er. "Dann ist das also der Plan. Vergessen Sie das Testament. Sonst müssten wir Mr. Torbreck verraten. Aber wenn Blake seinen Teil der Ranch an Cody verkauft ..."

"... und an Isaac", warf LuAnn ein.

"... und ... an Isaac also", fuhr Jason fort. "Aber wenn er seinen Teil für einen Dollar an sie verkauft, geht das Land wieder an seine rechtmäßigen Besitzer. Und wenn Cody Blake erlaubt, das Geschäft mit den Touristen weiter zu betreiben, für das er dann quasi der Manager wäre, dann kann er immer noch das tun, was er will, und hier zu Hause bleiben. Ohne legales Chaos."

Alle sahen sich nachdenklich an. Mr. Torbreck wirkte, als würde er gleich vor Erleichterung in Tränen ausbrechen.

"Das ... klingt nach einem guten Plan", sagte Cody. "Wir müssen die Sache allerdings vorher noch mit Isaac besprechen. In der Zwischenzeit könnten wir aber glaube ich alle eine kleine Auszeit gebrauchen, bis die nächsten Touristen eintreffen. Kommen sie nicht bald an?"

LuAnn nickte und wischte sich die Tränen aus dem Gesicht. "Ja, richtig. Ich mache mich mal wieder an die Arbeit."

Cody hielt sie auf. "Ma - alles wird gut. Mach dir keine Sorgen."

Sie schenkte ihm ein dankbares Lächeln und verließ den Raum. Mr. Torbreck, Blake, und Lacey folgten ihr. Bevor sie die Tür hinter sich schloss, gab sie mir mit einer Geste zu verstehen, dass ich sie anrufen sollte. Ich nickte und lächelte sie dankbar an. Dann wandte ich mich meinem Ex-Verlobten und meinem aktuellen Freund zu.

"Ah, Jason", sagte ich. Ich hatte beschlossen, mich zuerst an ihn zu wenden. "Ich weiß, dass ich dir wahrscheinlich am Telefon Hoffnungen gemacht habe, dass zwischen uns noch etwas ist. Aber in Wahrheit..."

"In Wahrheit", unterbrach er mich und sah abwechselnd mich und Cody an, "brauchtest du nur meine Hilfe, um etwas für den Mann zu tun, in den du wirklich verliebt bist."

Meine Kinnlade fiel herunter. Ich fand es schwer zu glauben, dass Jason wirklich wusste, was sich in meinem Kopf abspielte. Noch schwerer zu glauben fand ich allerdings, dass er die letzten Worte ohne Wut oder Scham ausgesprochen hatte. Dass er sich kampflos geschlagen gab, machte mich sprachlos.

"Du musst nicht so schockiert gucken, Tarryn.

Ich habe bemerkt, wie du ihn anschaust. So hast du mich nie angesehen. Und in gewisser Weise verstehe ich auch, warum. Ich kann ein egoistisches Arschloch sein. Ich habe dich nicht genug wertgeschätzt, als ich dich hatte. Aber ich stelle mich deinem Glück nicht in den Weg."

"Danke", sagte ich, weil mir nichts Besseres einfiel und errötete. "Ich bin überwältigt."

"Nicht der Rede wert", sagte er mit einem traurigen Lächeln. "Jemand muss mich später zum Flughafen fahren, aber es eilt nicht. Der Rückflug ist erst in ein paar Stunden. Ich warte draußen."

Mit diesen Worten verließ er den Raum und ließ mich mit Cody allein.

Ich biss mir nervös auf die Lippe.

"Es tut mir leid, dass ich all das getan habe, ohne es vorher mit dir zu besprechen", sagte ich und suchte in seine Augen nach Vergebung. "Du musst ziemlich wütend sein."

Cody starrte mich einen Moment lang an und trat dann ganz nah an mich heran. Ohne ein Wort nahm er mein Gesicht in seine Hände, beugte sich hinunter und küsste mich leidenschaftlich.

"Ich bin nicht wütend", sagte er und legte seine Stirn an meine. "Aber in Zukunft möchte ich, dass du vorher mit mir sprichst, wenn du wieder Pläne schmiedest. Ach ja, und da ist noch etwas, das ich gerne in meine Pläne für die Ranch aufnehmen würde."

"Ach ja?", fragte ich grinsend, während ich meine Arme um ihn schlang, um ihn näher an mich zu ziehen. "Und was wäre das?"

"Dich", sagte er und küsste mich wieder.

Und das, liebe Leser, war der Beginn eines neuen, aufregenden und völlig unerwarteten Abschnitts in meinem noch relativ kurzen Leben. Ihr könnt Euch vorstellen, dass es diesmal Janet war, die aus allen Wolken fiel, als ich ihr freundlich, aber bestimmt mitteilte, dass ich nicht nach New York zurückkäme. Stattdessen blogge ich von unserer Veranda auf der Sterling Ranch aus inzwischen täglich und das so erfolgreich, dass meine ehemalige Chefin sich dafür verflucht, mich jemals hierhergeschickt zu haben.

Doch das ist noch nicht das Schönste.

Das Schönste kommt ja bekanntlich zum Schluss.

Deswegen kommt es hier:

Cody und ich werden nächsten Sommer heiraten.

Und damit hätte nun vor meiner Abreise ins Abenteuer wirklich niemand gerechnet, nicht wahr?

*** Ende ***

Leseprobe Ein Milliardär für mehr

Kapitel 1

Nella nahm einen langen und beinahe dramatisch nachdenklichen Schluck von ihrem Tee.

"Pass auf, Chaney ... ich sag ja nicht, dass du

unqualifiziert bist", meinte sie schließlich, während ihre pechschwarzen Augen versuchten, meinem Blick auszuweichen. "Es ist nur … ich bin ja nicht mal Mr. Tremdens Assistentin, aber sogar ich weiß, dass er einen sehr bestimmten … Typ … an Bewerberinnen im Kopf hat. In den letzten fünf Jahren hat er niemanden eingestellt, der nicht genau seinen … Kriterien entsprach."

Ich kaute auf meiner Lippe. "Ich bin mir nicht sicher, ob ich das richtig verstehe", erwiderte ich mit einem Stirnrunzeln. "Ich spreche fließend Spanisch, bin in allen Gebieten, die er verlangt, qualifiziert …"

"Chaney …"

"...habe die Uni mit Eins Minus abgeschlossen, fünf Jahre Erfahrung in Corporate Design und kann überdurchschnittlich schnell tippen …"

"Chaney, du hörst mir nicht zu ..."

"... bin VERDAMMT flexibel verfügbar, weil ich zurzeit kein Sozialleben habe …"

"Chaney! Er macht kein Geheimnis daraus, dass er nur schüchterne, große, blonde und … äh … *physisch begabte* … Bewerberinnen einstellt."

Abrupt klappte ich meinen Mund zu und blickte in das entschuldigende Gesicht meiner Freundin. “Also, willst du damit sagen, dass ich mir High Heels, eine platinblonde Perücke und einen Push-up-BH kaufen muss?”

Angewidert verzog Nella das Gesicht. “Du HAST gar keinen Push-up-BH? Chaney, im Ernst? Sag mal, lebst du hinterm Mond, oder was?” Mit diesen Worten riss sie ihre Augen genau so weit auf wie ihren Mund, den sie zu einem großen O formte.

“Hör doch auf, Nel!” Ich zischte durch die Zähne und schielte verstohlen zu den anderen Gästen im Café hinüber, in der Hoffnung, dass uns niemand zugehört hatte. Die einzige Person, die in unsere Richtung blickte, war ein Teenager im Emo-Look mit schwarz umrandeten Augen und ungefähr zehn Piercings zu viel im Gesicht.

Mit einem Seufzer wedelte Nella mit ihrer Hand durch die Luft. “Der BH ist doch gar nicht der Punkt. Mr. Tremden ist ein fieser, alter Milliardär, der ein Zeitschriftenmodel als Projektmanagerin haben will. Pausenlos begafft er seine Angestellten. Willst du wirklich so tief sinken und dich zum … *Objekt* machen lassen?"

"Ehrlich gesagt überlege ich, das noch schnell auf meinen Lebenslauf zu setzen, um zu sehen, ob es hilft. Stell dir das mal vor – 'stehe gerne regelmäßig als *Objekt* zur Verfügung, wenn ich dafür als Gegenleistung ein solides Gehalt und gute Empfehlungsschreiben erhalte.' Bumm! Und schon bin ich eingestellt! "

Nella schnaubte und rollte mit den Augen. "Übertreib's mal nicht, Chaney. Es liegt ein schmaler Grat zwischen entzückend und verzweifelt." Anmutig trank sie den Rest ihres Tees, schob eine Korkenzieherlocke zurück unter ihr Beanie und erhob sich von ihrem Platz. Ich beobachtete sie und dachte im Stillen, dass sie locker die nächste Tyra Banks hätte sein können, wäre sie nicht nur zierliche 1,58 Meter. Auf einmal wurde mir alles klar.

"Nel! Du bist schwarz!"

Während Nel damit beschäftigt war, sich das Band ihrer Tasche über die Schulter zu legen, stöhnte sie laut auf: "Ich wusste, dass dir das irgendwann auffallen würde. Hat ja nur sieben Jahre Freundschaft gedauert!" Dann grinste sie mich breit an.

"Nein, ich meine … du bist *nicht* groß, blond und … hast tolle Brüste!"

"Hey! Was hast du denn an meinen Brüsten auszusetzen?"

"Nichts. Die sind fantastisch. Ich würde sofort mit dir ein Date wollen. Ich meine, wenn ich ein Mann wäre. Aber verstehst du nicht, was ich dir sagen will? Ich habe doch eine Chance! Und du bist der Beweis dafür!"

"Hör mal, ich bewundere deinen Optimismus, aber ich muss dich wohl nochmal daran erinnern, dass ich nur eingestellt wurde, weil Jason …"

"... das Arschloch …"

"... yep – mit der Einstellungsmanagerin Monica geschlafen hat. *Er* hat mir zu dem Job verholfen!" Damit war das Thema für sie beendet und sie zeigte mit einem perfekt manikürten Finger vor mich: „Vergiss dein Handy nicht."

Ich nickte dankend, nahm mein Handy vom

Tisch und folgte ihr zur Tür. Das Emo-Mädchen sah von ihrem Handy auf, als wir gingen.

“Viel Glück mit Ihrem Push-up-BH”, rief sie mir nach, als wir zur Tür hinausgingen.

Leicht grinsend holte ich Nella ein, die sich schon ihren Weg über den Gehsteig bahnte.

“Also brauche ich gar keine neue Garderobe, sondern muss mir nur einen betrügerischen Freund aus der Personalabteilung suchen?”

Nella lachte.

“Du bekommst den Job am Ende noch aus purer Hartnäckigkeit”, stöhnte sie und schüttelte ihren Kopf. „Vorausgesetzt, man versteht deine schlechten Witze.”

Ich boxte in der Luft nach ihr, grinste dabei aber über beide Ohren. “Ich schätze, das finden wir morgen heraus.”

Der Warteraum bei Tremden-Filbert war dank einer nicht funktionierenden Klimaanlage erstickend heiß. Offenbar hielt das schöne Gebäude aus Zeiten der vorletzten Jahrhundertwende immer noch an seinem nicht so schönen Jahrhundertwendenheiz- und kühlsystem fest, zumindest im Trakt für die untersten Angestellten. Ich war bereits um 7:30 Uhr dort und man hatte mir mitgeteilt, dass die Vorstellungsgespräche noch nicht begonnen hatten. Man verwies mich auf einen unbequemen Stuhl, von dem aus ich die anderen hoffnungsvollen Kandidatinnen bei ihrer Ankunft genau beobachten konnte. Zwei Stunden, drei Zeitschriften, vier Tassen Kaffee und eine erschütternd hohe Anzahl großer, draller, blonder Bewerberinnen später, wartete ich immer noch.

Während ich einen gelangweilten Seufzer unterdrückte, schielte ich zu der Frau hinüber, die neben mir saß. Ihr Haar war erdbeerfarben, wodurch wir meiner Meinung nach im selben Boot saßen. Ich lehnte mich zu ihr hinüber.

“Ich glaube, wir sollten unsere Weihnachtspläne besser abblasen”, raunte ich ihr zu.

Stirnrunzelnd sah sie von ihrem E-Reader auf. “Es ist Juni.”

“Aber nicht mehr, wenn die uns endlich zum

Gespräch hereinbitten. Haha.”

Der Erdbeerkopf lächelte nicht einmal. Ich rutschte auf meinem Stuhl herum.

“Bitte entschuldigen Sie mich”, sagte ich unverfänglich, “ich muss mal eben die Toiletten ausfindig machen.”

Als ich aufgestanden war und mich von ihr entfernt hatte, wurde mir bewusst, dass ich nicht einmal gelogen hatte – ich musste *wirklich* auf die Toilette. Dringend. Und natürlich musste mich die Rezeptionistin ausgerechnet in diesem Moment aufrufen.

“Chaney Veeder? Mr. Allen empfängt Sie jetzt.”

“Ähm ... Mr. Allen?”

“Der Einstellungsmanager.”

“Oh! Super! Aber, ähm … eigentlich …”

Die Frau hob eine Augenbraue. “Gibt es ein Problem?”

“Nein!” Ich verlagerte mein Gewicht von einem Fuß auf den anderen und versuchte, meine hartnäckige Blase zu ignorieren. “Es gibt kein

Problem! Aber könnte ich vorher vielleicht noch ganz schnell auf die Toilette gehen?"

"Miss Veeder, Zeit ist hier bei Tremden-Filbert sehr wertvoll. Ich kann Sie ganz nach hinten auf die Liste setzen, wenn Sie Ihren Termin lieber verstreichen lassen wollen."

"Äh …" Ich hielt inne und betrachtete all die blonden Bewerberinnen, die damit noch vor mir an der Reihe wären. "Ich bin ganz schnell, versprochen. Ich flitze. Haha." Kein Lachen. Die zweite Niederlage an diesem Morgen. Die Rezeptionistin blickte mich finster an.

"Die Damentoilette ist am Ende des Flurs, um die Ecke und die zweite Tür links. Sie haben drei Minuten, bevor ich den nächsten Namen aufrufe."

Ich strahlte. "Danke! Vielen Dank!" Während ein Hoffnungsschimmer in mir aufkeimte, drehte ich mich um und eilte zur Tür hinaus. Ich fand die Toiletten, erledigte, was ich zu erledigen hatte, wusch und trocknete meine Hände und warf einen Blick auf mein Handy – ich hatte noch eine ganze Minute Zeit. Ich war von meiner Geschwindigkeit so ermutigt, dass ich nicht aufpasste, als ich das zweite Mal um die Ecke eilte. Prompt fand ich mich in einem frontalen und verheerend massiven Körperkontakt mit einer Person wieder, die einen großen Becher mit einer unwahrscheinlich kalten Flüssigkeit bei sich hatte. Das wurde mir klar, weil sich der gesamte Inhalt des Bechers keine Sekunde später auf meinem sorgsam ausgewählten khakifarbenen Hosenanzug befand.

Mein erster Impuls, als die kalte Flüssigkeit (vielleicht Dr. Pepper?) auf meine Haut traf, war, vor Schreck zu schreien. Mein zweiter Impuls befahl mir jedoch, besser NICHT zu schreien. Das Ergebnis war ein wenig von beidem und so gab ich ein Geräusch von mir, das sich anhörte wie ein Elefantenbaby mit Schluckauf. Sofort kam mir die Vorstellung eines Elefantenbabys mit Schluckauf so lustig vor, dass ich kicherte. Und DANN wurde mir klar, dass ich den Job auf keinen Fall bekommen würde, wenn ich aussah, als hätte ich in der Toilette gebadet. Plötzlich löste sich der Druck, der den ganzen Morgen auf mir gelegen hatte, und ich lachte erneut, diesmal lauter.

Erst dann blickte ich zu der Person hinauf, die für all das verantwortlich war und mir fiel die Kinnlade herunter.

Er sah umwerfend aus. Mir war noch nie jemand begegnet, der so atemberaubend perfekt gebaut war. Breite Schultern, dunkle Augen, sorgfältig geschnittenes dunkelbraunes Haar und ein glatt rasiertes Gesicht. Er musste um die dreißig sein und war mindestens zwanzig Zentimeter größer als ich. Als ich meine Augen von seinem (ziemlich intensiven) Blick abwandte, starrte ich direkt auf seinen Kragen, der nicht ganz zugeknöpft war. Mich überfiel plötzlich der starke Wunsch, auch die restlichen Knöpfe seines Hemdes zu öffnen, gleich hier im Flur des Büros. Allein der Gedanke daran, meine Hände über seine breite Brust gleiten zu lassen, bewirkte, dass mir unbehaglich warm wurde.

“Junge Frau? Hallo?”

Das riss mich aus meiner Träumerei und mir wurde klar, dass der gut aussehende junge Mann schon seit einiger Zeit versucht haben musste, meine Aufmerksamkeit zu erwecken, denn seine Stimme klang ungeduldig. Meine Wangen glühten plötzlich.

“Entschuldigung ... wie bitte?”

Ihm entglitt ein kurzes, frustriertes Schnauben. Trotz seines verärgerten Gesichtsausdruckes war ich so hingerissen von seiner Vollkommenheit, dass ich mich zwingen musste, auf seine Worte zu hören. Er hatte wunderschön dicht geschwungenen Augenbrauen und herrlich volle Lippen. “Meine Karte”, sagte er mit einer tiefen Stimme, die Macht ausstrahlte. “Nehmen Sie sie. Wenn Sie meine Sekretärin anrufen, wird sie die Reinigung veranlassen.”

Noch immer im Autopilotmodus nahm ich die kleine graue Visitenkarte entgegen, die er mir entgegenhielt. Meine Finger streiften für den Bruchteil einer Sekunde seine Handfläche und diese kurze Berührung reichte aus, um meine Fantasie erneut zu beflügeln. Wie würde es sich anfühlen, wenn seine Hände unter meine Bluse glitten, über meine Haut strichen und mich hart an seinen Körper zogen …

Ich schüttelte schnell meinen Kopf, als mir

klar wurde, dass meine Gedanken schon wieder viel zu weit abschweiften.

“Ähm ... welche Reinigung?”

“Ihr Hosenanzug muss doch wohl gereinigt werden, es sei denn, Ihnen gefallen die Flecken auf dem Stoff. Wenn das der Fall ist, kann Ihnen meine Sekretärin gerne eine Rechnung für die Verbesserungsmaßnahmen ausstellen.”

Ich betrachtete meinen tropfenden Hosenanzug und errötete. “Ich rufe Ihre Sekretärin an. Danke, Mr. … äh …”

“Tremden.”

Sofort richtete ich mich auf. *Das* war der berüchtigte Mr. Arthur Tremden? *Das* war der Besitzer des milliardenschweren Unternehmens? Der perverse alte Mann, der seine (zumeist) blonden, modelgleichen Angestellten begaffte? Wenn nicht gar begrapschte? Ich fragte mich, ob mich Nella in Bezug auf meinen potenziellen Chef angeflunkert hatte, um sich anschließend über meine Reaktion zu amüsieren. Sie wusste, dass ich ein hoffnungsloser Fall war, wenn es darum ging, mit attraktiven

Männern zu reden. Und dieser hier war weitaus mehr als einfach nur attraktiv. Der Mann hier war ... ein einziger *ungeträumter Traum*!

"Sie wirken überrascht", bemerkte er, noch immer mit einem leicht schneidenden Unterton. "Entspreche ich nicht Ihren Erwartungen?"

"Ich ... hatte nur gedacht, dass Sie … etwas älter sind. Und nicht so cholerikerisch."

Die winzig kleine Andeutung eines Lächelns war auf Mr. Tremdens Gesicht zu erkennen, was meiner Meinung nach auf das Cover der GQ gehörte. Seine zusammengekniffenen Augen funkelten zum ersten Mal, seit ich mit ihm zusammengestoßen war. "Cholerikerisch …" murmelte er nachdenklich. "Ist das überhaupt ein Wort?"

Ich hob mein Kinn. "Ab jetzt ist es eins. Sie können mich gerne als Quelle nennen, wenn Sie es zukünftig benutzen sollten."

Das angedeutete Lächeln verwandelte sich in ein breites Grinsen, wodurch sich sein gutes Aussehen verzehnfachte. Ich spürte, wie meine Knie weich wurden und stützte mich mit einer Hand an der

Wand ab, für den Fall, dass meine Beine nachgeben sollten. Er neigte den Kopf in meine Richtung.

“Ich sehe, Sie haben Charakterstärke, Miss …?”

“Veeder,” antwortete ich, in der Hoffnung, dass ihm nicht auffiel, wie hypnotisiert ich war. “Chaney.”

“Chaney. Sehr erfreut. Darf ich fragen, was Sie heute zu Tremden-Filbert führt? Sind Sie eine neue Klientin?”

Ich errötete erneut. “Also, ich bin zum Vorstellungsgespräch für die Managerstelle hier, die Sie online ausgeschrieben haben. Aber ich fürchte, ich habe mittlerweile meinen Termin verpasst.”

Er runzelte die Stirn und sagte mit scharfer Stimme: “Ich habe keine Vorstellungsgespräche organisiert.”

Eine Welle der Scham überkam mich. “Oh. Nein, natürlich müssen Sie die Vorstellungsgespräche in Ihrer Firma nicht selbst organisieren. Bestimmt haben Sie Leute, die das für Sie übernehmen …”

“Meine Firma?”

Jetzt war ich richtig verwirrt. “Ja? Ich meine, es sei denn, das hier ist gar nicht Tremden-Filbert?” Ich überlegte, wie ich mich aus dieser Unterhaltung herauswinden könnte. “Mein Name wurde übrigens vor nicht allzu langer Zeit aufgerufen. Alle Bewerberinnen warten am Ende des Flurs, in Raum 445B.”

Als Mr. Tremden Raum 445B hörte, funkelten seine Augen. Er sah mich von oben bis unten an und studierte mein Äußeres, als müsste er später eine Personenbeschreibung bei der Polizei abgeben. Ich fühlte mich furchtbar unwohl und gleichzeitig furchtbar … bereit. Wenn er mir hier und jetzt ein unsittliches Angebot gemacht hätte, hätte ich Mühe gehabt, es abzulehnen.

Als er fertig damit war, mich zu mustern, nickte er mir zu. “Sie werden schon sehen, dass Termine nie so unabänderlich sind, wie sie scheinen, Miss Veeder”, versetzte er bestimmt. “Bitte folgen Sie mir.”

Mr. Tremden marschierte elegant den Flur

entlang und geradewegs auf den Warteraum zu; ich lief ihm so schnell wie möglich hinterher, während ich mich krampfhaft bemühte, meine Augen nicht zu seinem knackigem Hintern wandern zu lassen. Ich war mir jedoch ganz sicher, dass er zum Rest seines Aussehens passte und ehrlich gesagt, hatte ich ohnehin schon genügend Reizüberflutung. Außerdem hoffte ich, dass ich auf irgendeine Weise doch noch zu meinem Vorstellungsgespräch kam.

Das Gesicht der Rezeptionistin zeigte eine Mischung aus Schock und Nachsicht, als wir den Raum betraten.

“Mr. Tremden!”, rief sie, während sie ihre Seidenbluse und die imaginären Falten Ihres Rockes glattstrich. “Kann ich etwas für Sie tun?”

“Ja, Veronica. Bitte informieren Sie meinen Vater, dass die Stelle, die er ohne meine Zustimmung – wie ich anmerken möchte - für mich ausgeschrieben hat, gerade besetzt wurde.”

Moment mal, dachte ich noch alarmierter als zuvor. *Sein Vater hat die Stellenanzeige aufgesetzt?*

“...Miss Veeder…”, fügte er hinzu "… wird ab

Montag den Posten meiner persönlichen Assistentin übernehmen, vorausgesetzt das lässt sich für sie vereinbaren?" Er sah mich mit seinen dunklen Augen an und wartete auf eine Antwort. Ich nickte eilig und beschloss, die Tatsache, dass er mich gerade als seine persönliche Assistentin bezeichnet hatte, zu ignorieren. Die genauen Details könnten wir auch später noch besprechen. "Dann also bis Montag."

"Ich will Ihnen ja nicht widersprechen, Sir", warf Veronica ein und klimperte mit ihren künstlichen Wimpern, "aber Ihr Vater hat mir äußerst präzise Anweisungen erteilt. Sie … naja … entspricht nicht ganz seinen … Vorstellungen … für diese Position."

Mr. Tremdens Blick wurde kühl und ein wenig herablassend. Er beugte sich leicht vor, so imposant und verheißungsvoll, dass Veronica auf ihrem Stuhl in sich zusammensank.

"Sie ist gut ausgebildet, sie ist scharfsinnig und sie ist hübsch. Würden Sie mir da nicht zustimmen?"

Veronicas Blick huschte in meine Richtung

und sie nickte, vermutlich zu ängstlich, um zu widersprechen. Dennoch errötete ich heftig. Mr. Tremden fuhr fort: “Ihre Kleidung ist vielleicht etwas altmodisch, aber von guter Qualität und mit optimaler Passform. Sie hätte gerne die Stelle und ich will, *dass* sie die Stelle bekommt. Welchen Teil der *Vorstellungen* meines Vaters habe ich missachtet?”

Die Rezeptionistin holte Luft, um zu antworten und überlegte es sich dann anders. “K-keine, Sir. Überhaupt keine.”

“Gut. Dann sorgen Sie bitte dafür, dass ihre persönlichen Angaben auf die Gehaltsliste kommen und dass sie ein Firmenpaket erhält.”

“A-Aber Mr. Tremden”, stotterte die Rezeptionistin, “das zählt nicht wirklich zu meinem Aufgabenbereich …”

“Heute tut es das”, bemerkte er auf eine bestimmte Art, die keinerlei Widerspruch zuließ. Dann drehte er sich zu dem Meer aus schönen, ziemlich betrübten Blondinen um, die die gesamte Szene andachtsvoll verfolgt hatten. “Vielen Dank, dass Sie gekommen sind, meine Damen. Ihre Dienste werden nicht mehr benötigt."

Wie es weitergeht, erfahrt Ihr hier:

http://amzn.to/2fkhzYp

Liebe Leserinnen,

ich hoffe, Euch hat diese Geschichte gefallen.

Will jemand von Euch eine kostenlose Kurzgeschichte erhalten? Dann registriert Euch einfach hier für meinen Newsletter:

www.annabellebenn.de

Wenn Ihr sonst keine Neuigkeiten verpassen wollt, findet Ihr mich auch auf

- **Facebook Annabelle Benn Autorin** und **Annabelle Benn Gruppe**
- **Twitter: @AnnabelleBenn99**
- www.annabellebenn.de **mit Newsletter.**

Ich freue mich auf Euch!

Herzlichst,

Eure Annabelle

18757208R00161

Printed in Poland
by Amazon Fulfillment
Poland Sp. z o.o., Wrocław